O PIOR DIA DE TODOS

O PIOR DIA DE DE TODOS

TORDESILHAS

DANIELA KOPSCH

Copyright © 2023 Tordesilhas Livros
Copyright © 2019 Daniela Kopsch

Todos os direitos reservados. Nenhuma parte desta edição pode ser utilizada ou reproduzida – em qualquer meio ou forma, seja mecânico ou eletrônico –, nem apropriada ou estocada em sistema de banco de dados, sem a expressa autorização da editora. O texto deste livro foi fixado conforme o acordo ortográfico vigente no Brasil desde 1º de janeiro de 2009.

EDIÇÃO Isa Pessoa
CAPA Amanda Cestaro
IMAGEM DE CAPA Paul Bucknall / Alamy Stock Photo
PREPARAÇÃO Bárbara Parente
REVISÃO Nana Rodrigues, Renata Nakasone
ASSISTENTE EDITORIAL Ana Clara Cornelio

Dados Internacionais de Catalogação na Publicação (CIP)
(Câmara Brasileira do Livro, SP, Brasil)

Kopsch, Daniela
O pior dia de todos / Daniela Kopsch.
--São Paulo : Alaúde Editorial, 2023.

ISBN 978-85-8419-090-4

1. Ficção brasileira I. Título.

19-23971   CDD-869.3

Índices para catálogo sistemático:
1. Ficção : Literatura brasileira 869.3
Iolanda Rodrigues Biode - Bibliotecária - CRB-8/10014

2023
Rua Viúva Cláudio, 291 — Bairro Industrial
do Jacaré
CEP: 20.970-031 — Rio de Janeiro (RJ)
Tels.: (21) 3278-8069 / 3278-8419
www.altabooks.com.br —
altabooks@altabooks.com.br
Ouvidoria: ouvidoria@altabooks.com.br

PARA MARIO BENTO E ADELAIDE

ERA UMA DAQUELAS MANHÃS QUE PARECEM SUSPENSAS NO AR.

CLARICE LISPECTOR

PARTE I
INFÂNCIA

1

Dois dias depois do meu aniversário de 14 anos, um homem invadiu minha escola e matou 12 crianças. Foi tudo muito rápido. Eu sei que as histórias trágicas sempre começam assim: *Foi tudo muito rápido*. Mas não estou exagerando. Às 8 horas, começamos uma aula de Língua Portuguesa, e às 8h15, tudo estava terminado.

Não vi quando ele entrou na sala de aula. Eu estava de olhos fechados porque a luz da janela era insuportável, assim como o barulho da turma e o cheiro doce do desinfetante que passaram no chão antes de a gente entrar. Tentei manter minha cabeça imóvel. Ela doía e parecia a ponto de explodir a qualquer momento. Por isso, eu estava quieta, deitada sobre os braços e não vi como foi que tudo começou. Talvez ninguém tenha visto. Os primeiros minutos de aula são sempre tomados por uma agitação generalizada e eu também estaria ocupada conversando com Natália, mas não naquele dia. Naquele dia, nós não estávamos nos falando.

Natália e eu somos primas. Estudamos juntas desde o primeiro ano e vivemos na mesma casa desde que nascemos. Talvez eu pudesse dizer que somos irmãs. Ou quase isso. Com certeza absoluta, somos melhores amigas. Nós também dividimos o quarto, de maneira que acordamos juntas todos os dias, quando o despertador toca às 6 horas. Naquela quinta-feira, levantamos sem dizer uma palavra, vestimos o uniforme, tomamos o café da manhã, descemos a ladeira levemente curva da nossa rua, passamos em frente ao mercadinho, que estava abrindo as portas naquele momento e, depois de mais ou menos 1 quilômetro, chegamos à escola.

Há quatro anos percorríamos aquele trajeto e eu poderia fazê-lo de olhos fechados. Sei onde desviar para não esbarrar no poste que fica bem no meio da calçada, sei que é necessário tomar cuidado para não levar uma bolada na cara quando passamos pelo terreno baldio, também chamado de terrenão (às vezes, os meninos miram nos pedestres de propósito, considere-se avisado), e também sei evitar a rachadura na calçada onde as pessoas sempre tropeçam. Passando tudo isso, você chega à escola em segurança. Ou pelo menos era o que pensávamos.

Esse é um caminho de apenas 15 minutos, mas, naquele dia, levamos quase o dobro. Caminhávamos em silêncio e muito devagar. Paramos várias vezes, e em todas esperei que Natália me falasse algo. Mais de uma vez, eu mesma abri a boca com essa intenção. Ficava parada na calçada, com uma frase se formando quase pronta para sair, mas logo a ideia escapulia, incompleta, e eu não dizia nada. Foi assim durante todo o percurso, até que chegamos atrasadas para a primeira aula.

Então, eu estava sentada ao lado da minha prima-talvez-irmã-com-certeza-melhor-amiga me perguntando quando é que aquele dia horrível ia terminar. Eu só precisava esperar, era o que eu pensava, e logo as coisas voltariam a ser como antes. Agora, sabemos que eu estava errada. Como todos, aliás, quando acham que sabem o que vai acontecer. Nada voltaria a ser como antes. Nunca. Minha turma estava na mira de um homem que queria atirar todo o seu passado sobre nós. Em breve, seríamos massacrados. Não gosto dessa palavra, mas foi como chamaram. O Massacre de Realengo.

Eu chamo de *O Pior Dia de Todos*.

2

Acabei de ler o que escrevi e acho que comecei errado. Antes de falar sobre O Pior Dia de Todos, quero falar sobre outros dias, quando Realengo era apenas o nome de um bairro e não de um massacre, e eu era uma menina comum e não uma sobrevivente. Minha história começa, como a de todo mundo, no dia em que nasci.

Minha tia conta que eu demorei três dias.

"Dois médicos tentaram tirar você lá de dentro", ela disse.

Quando finalmente pôde me visitar no hospital, eu era um pacotinho trêmulo. Minha mãe dormia, inchada e toda roxa, mais parecia atingida por um ônibus. Quando olhou para ela, primeiro minha tia não a reconheceu, depois começou a chorar.

"Ela quase morreu de tanto fazer força."

Acho que empaquei porque estava sem coragem de tentar sozinha, queria talvez esperar minha prima, que só chegaria três meses depois. Ao contrário de mim, Natália já veio ao mundo certa do que queria. A cesárea estava marcada para dali a duas semanas, mas, já que estava pronta, ela decidiu nascer e nasceu. A partir daquele momento, não nos desgrudamos mais.

Apesar de eu ser mais velha, foi ela quem falou primeiro. Contam que Natália aprendeu a falar nesta ordem: mamãe, papai, nenê e Laurinha. Laurinha sou eu, mas apenas ela me chama assim. Meu nome é Maria Laura, e para todo o resto do mundo sou Malu.

3

Minha mãe engravidou aos 16 e nunca contou de quem. Isso deve ter sido um golpe duro na família. Elas eram muito religiosas, frequentavam a Primeira Igreja Batista de Realengo. Ter um filho e não estar casada já seria um problema, mas engravidar e não ter um noivo, um namorado, ninguém, isso era um desastre. Minha mãe diz que manteve o segredo para não se sentir pressionada a casar, mas eu desconfio que a culpa foi dele, de quem quer que seja que não quis ser o meu pai. Quanto a minha avó, tudo o que ela disse foi:

"O que não tem remédio, remediado está."

Trancou o sofrimento dentro do quarto e seguiu a vida. É assim que as mulheres fazem em nossa família. Meu avô, eu não conheci. Morreu afogado muitos anos antes de eu nascer. Era porteiro e poeta. Da sua obra, restou apenas um poema emoldurado no quarto:

Rosa, minha rosa, razão do meu viver.
Me perguntas se eu te amo e eu respondo:
tanto que nem sei dizer.

Rosa é minha avó. Sei que a rima é pobre, mas o poema é lindo. Através dele, posso descobrir o tipo de homem que meu avô era: romântico, letrado, caprichoso na caligrafia e metódico na forma de escrever reto sobre linhas invisíveis. Se eram felizes, isso é uma coisa que eu não tenho como saber só de olhar para esse poema, mas gosto de pensar que sim.

Como o poema sugere, meu avô adorava o nome Rosa. Queria colocar o mesmo nome na primeira filha, mas minha avó interveio. Podia até ser parecido, mas igual, não. Foi assim que minha tia se tornou Rosana e minha mãe, Roseli. A semelhança entre as duas, entretanto, termina aí. Minha tia é apenas um pouco mais velha, mas parece bem mais. É séria, responsável, um bloco de concreto. Já minha mãe passou a vida tentando provar que é o contrário, uma nuvem, talvez.

Quando a barriga inconfundível da minha mãe apareceu, os comentários começaram. Minha avó era bastante respeitada, de modo que as fofocas maldosas nunca chegaram aos seus ouvidos. E nem precisava. Ela sabia muito bem o que se dizia porque várias vezes ouviu o mesmo sobre outras meninas. As comparações com minha tia eram inevitáveis. Rosana já está noiva. Rosana vai casar. O moço é da igreja. Roseli tão novinha. Quem será o pai? Se não pode contar, boa coisa não é.

Tia Rosana se casou no dia do seu aniversário de 20 anos. A data estava planejada desde os 15, quando o namoro com tio Mário ficou firme. Na foto, minha tia está com um lindíssimo vestido de cetim, que ela mesma fez junto com minha avó. As mangas eram bufantes e lhe cobriam inteira, até os pulsos. Se sentia calor, não demonstrava. Era pleno verão e poderia muito bem estar fazendo 40 graus no Rio de Janeiro, mas, debaixo de todo aquele pano, tia Rosana estava serena e deslumbrante. Uma cascata de cachos bem pretos lhe caía pelos ombros e um buquê imenso pendia de suas mãos. Tio Mário formava o par ao seu lado, todo empertigado num terno branco. Ele é um pouco feio para um príncipe, mas parecia um mesmo assim.

Minha avó sorri, tímida, de braços dados com meu tio. Está com um vestido simples, estampado de florezinhas. Ela destoa da elegância dos outros, mas acho que minha avó era assim mesmo, pura como aquele vestido de algodão. Estava com o cabelo todo puxado num coque apertadíssimo, nenhum fio fora do lugar. E tenho certeza de que usava uma colônia vendida em farmácia que se chamava Alma de

Flores, porque este era o cheiro dela. Minha mãe encerra o quarteto da foto. Está linda, de tafetá verde, bem ao lado da minha tia, mas não lhe deu os braços. Apoiou as mãos na cintura e quebrou o quadril para a direita, numa pose que seria sensual, se não fosse a barriga, pontuda para a frente, comigo lá dentro. Aliás, pelos meus cálculos, devo dizer que minha mãe não era a única grávida da foto. Em janeiro, Natália já estava lá havia pelo menos três meses. Essa é, portanto, uma das poucas fotos em que minha família está completa.

4

Não sei quando minha mãe foi embora, mas aconteceu enquanto eu ainda era um bebê e não tinha idade para me lembrar. Minha avó já vinha cuidando de mim e o fazia tão bem que minha mãe resolveu que poderia sair e fazer outras coisas da vida. Ela já ficava pouco tempo em casa, disso eu sei. Minha tia toma cuidado para não falar na minha frente, mas sempre deixa escapar o que pensa da irmã. Certa vez, a ouvi dizer que minha mãe é alérgica a responsabilidades. Por muito tempo, essa ideia alimentou minha fantasia. Eu achava que entendia por que ela havia partido: algo naquela casa a deixava inchada e vermelha e cheia de bolinhas. Poderia sufocar até morrer se continuasse ali por mais tempo e por isso teve de ir embora. Era um caso de vida ou morte.

Minha avó na época já era uma mulher idosa. Tinha as costas, as pernas, os braços cansados. Minha mãe sabia disso. Mas os filhos sempre sabem o quanto podem consumir dos pais, e minha avó tinha muito para dar. Ela era uma mulher generosa, que a vida nunca pegou de surpresa. Lembro de sua pele escura, bem macia, cheirando a colônia de flores. Seu rosto era magro e enrugado. À noite, ela tirava da boca uma dentadura de dentes branquíssimos e gengivas cor-de-rosa e a guardava dentro de um copo com água, ao lado da cama. Quando fazia isso, seu rosto ficava ainda mais murcho.

"Por que você é tão feia?", eu lhe perguntei certo dia.

"Não sei", me respondeu com sua boca sem dentes. "Por que você é tão linda?"

5

O vestido de noiva de tia Rosana fez tanto sucesso que elas começaram a receber encomendas. A propaganda boca a boca é muito forte no bairro e logo havia clientes em nossa casa todos os dias. Algumas chegavam em carrões, outras de bicicleta, e todas saíam com seus vestidos novos, embalados em papel pardo com uma grande fita azul.

As duas trabalhavam juntas o dia inteiro, às vezes até tarde. Eu costumava dormir com Natália na cama da minha avó, ouvindo no quarto ao lado o som das máquinas de costura e das músicas e salmos da Melodia FM, uma rádio evangélica que nunca era desligada. No meio da noite, carregavam minha prima no colo para casa, e quando eu acordava era minha avó quem estava ao meu lado.

"Abre o olho, vó."

Ela abria aqueles dois olhos de passarinho. Colocava a dentadura na boca e dizia:

"Bom dia, flor do dia."

Morávamos em uma casa construída pelo meu avô. Inicialmente, tinha dois pisos. O térreo foi planejado para se tornar uma sala comercial onde funcionaria um dia a loja de modas da minha avó, mas a loja não foi construída porque meu avô morreu antes do tempo e deixou aquele espaço vazio. Tio Mário era servente de pedreiro e durante o noivado com tia Rosana começou a subir sozinho, tijolo a tijolo, o que seria a casa deles no terceiro andar. Tem gente que chama essas construções de puxadinho, mas era uma casa completa, com dois quartos, cozinha, banheiro e uma laje com churrasqueira. Portanto, vivíamos em um pequeno prédio de três andares. Uma escada sem corrimão subia ao lado da garagem para o segundo andar, onde eu morava com minha avó, e depois continuava para o terceiro, onde morava Natália. Ela chegava com a mãe logo cedo, trazendo uma garrafa de café. Depois de comer, minha tia e minha avó começavam a trabalhar. Às vezes nos davam retalhos.

Nossa pequena confecção funcionava debaixo de uma mesa de corte, onde uma cortina nos separava do resto do mundo. Ali, vestíamos nossas bonecas amarrando nelas pequenas tiras de tecido. O resultado ficava bonito na frente e feio atrás e servia para que pudéssemos fingir que eram roupas e, olhando de frente, bonitas.

Minha avó vestia a boneca com uma roupa de verdade no Natal. Ela dava a esse trabalho grande importância. Preparava vestidos mais luxuosos e detalhados do que os modelos que fazia para as clientes. As clientes traziam revistas para minha avó copiar: atrizes de novelas em tapetes vermelhos, vestidos de gala recriados com tecido barato. Minha boneca, porém, ganhava uma criação exclusiva. Ela mesma inventava os modelos e depois dizia que era uma boneca nova. Eu gostava de fingir que acreditava.

Muito tempo depois, descobri que minha avó mandava boa parte do seu dinheiro para minha mãe. Sobrava pouco para nós. Intuía que Natália tinha mais brinquedos do que eu e também tinha mais o que vestir. Isso ficou claro quando ela ganhou as sandálias prateadas. Nunca tinha visto nada igual: de plástico, cheias de *glitter*. Não se pareciam nem um pouco com o que costumávamos ganhar. Usávamos apenas chinelo para ficar em casa e sapatilha de pano para passear. O que eu tivera até então era apenas algo para colocar nos pés, eu nem sabia que os sapatos também podiam ser bonitos.

6

Aquilo me causou um mal-estar difícil de apagar. Eu ainda não tinha idade para entender nem para explicar, mas o que senti foi um gosto azedo, persistente. Naquela época, começamos a brincar na rua com outras crianças. Na primeira vez em que chegamos ao terrenão, elas já estavam reunidas em um grupo organizado. Nós duas ficamos apenas sentadas na sombra, observando a partida como se não tivéssemos interesse. O terrenão era um grande espaço de terra fresca no meio do nosso bairro cinza. Por isso era tão popular entre as crianças. O que mais nos atraía era o toque da pele com o solo úmido, o pequeno contato com a natureza que nos refrescava no calor insuportável de Realengo. Morávamos longe da brisa do mar, abafados por ruas asfaltadas, muros altos e muito, muito concreto.

Uma quadra poliesportiva improvisada no campo de barro sediava campeonatos variados: futebol, taco, pipa. Ao lado, estendia-se um gramado onde uma mangueira oferecia a sombra apropriada para nossas casinhas de bonecas. Havia uma divisão clara entre o território das meninas (grama) e o dos meninos (barro). Às vezes, via-se uma menina brincando no barro ou um menino brincando na grama, mas não era comum. Apenas as crianças mais corajosas ousavam conquistar o território inimigo. Natália era uma delas.

Em um dos raros momentos em que brincamos todos juntos, o evento começou com uma briga entre Marcela e as outras crianças. Marcela era uma menina mandona e convencida que estava acostumada a ter todos os seus desejos atendidos e por isso não estava se dando bem na dinâmica do terrenão. Lembro-me de quando a conhecemos. Ela estava com um vestidinho muito arrumado e bastante limpo. Queria brincar com um ioiô que estava nas mãos de outra criança. Marcela chorou. Logo vi que ela não ia durar.

7

Marcela foi hostilizada em todo o território, desde o gramado até o campo de barro. Vivia sentada em um canto olhando as brincadeiras, infeliz demais para tentar novamente. Nós a observávamos de longe. Marcela naquela época ainda me inspirava pena. Natália foi a primeira a falar com ela.

"O que foi?", perguntou.

Marcela, que já estava chorando, então chorou mais. Sacudiu-se inteira em soluços intermináveis. Eu queria sair dali antes que alguém chegasse e nos encontrasse naquela situação, mas Natália não arredou o pé. Esperou Marcela se acalmar.

"Ninguém quer brincar comigo."

Natália levantou-se e marchou até os meninos. Eu só pensava: *O que esta louca está fazendo?* Vi quando ela conversou com eles, vi quando olharam em nossa direção e vi, aterrorizada, quando eles começaram a caminhar até nós.

"Atenção para a brincadeira nova", gritou Natália, atraindo todos para o centro do terrenão. "É tipo um pique-parede, mas em vez da parede vamos usar alguém no lugar. Pode ser a Marcela."

Marcela arregalou os olhos.

"Você pode ficar aí onde está e nós temos que correr. Quem estiver encostado na Marcela não pode ser pego", explicou.

Então o jogo começou. O primeiro perseguidor foi um menino grandão, de quem eu não me lembro o nome, mas sei que era uns três anos mais velho e me parecia perigoso. Ele corria muito rápido, era quase impossível escapar. O chão naquele dia estava seco, e a poeira criava uma nuvem vermelha em torno de nós. Eu corri, caí, ralei o joelho, voltei a correr, consegui chegar até Marcela e a agarrei. Aquele dia inaugurou uma longa relação entre nós. Nunca mais voltei a ver Marcela feliz.

8

O mundo apenas começava a se revelar e compreendemos rápido que precisávamos ser espertas para sobreviver. As crianças da rua nos ofereciam uma pequena pista do que iríamos enfrentar mais tarde. Quando começamos a entrar em outras casas, isso ficou ainda mais evidente. Embora Natália tivesse mais coisas do que eu, vivíamos em uma casa exatamente igual. Então eu esperava que todas as outras também fossem. Estava errada. Havia casas três vezes maiores do que a nossa e com três vezes mais coisas. Outras eram bem menores, e onde mal caberia uma pessoa, viviam quatro.

A primeira a nos mostrar a casa foi Marcela. Estava ansiosa para se exibir. O mais surpreendente é que ela usufruía de um quarto inteiro só para brincar. Não havia cama ali, nem guarda-roupa, nenhum móvel, só brinquedos. E tudo era rosa, branco e lilás: as cortinas, o tapete, a maioria dos brinquedos. Na hora do lanche, a mãe dela nos trouxe sanduíches de queijo, presunto e maionese, cortados na diagonal. Eram feitos com pão de fôrma industrializado e as cascas tinham sido retiradas com cuidado. Aqueles triângulos me fascinaram, pois me pareceram perfeitos.

Depois disso, nós queríamos ir à casa de Marcela o tempo todo. Entre nós, fingíamos que nada daquilo tinha nos impressionado, mas assim que ela chegava ao terrenão, começávamos a fazer comentários do tipo: *Ai, tá muito quente, seria melhor brincar dentro de casa*, ou então *Estou com vontade de ir ao banheiro, mas a minha casa está tão longe.*

O terrenão era dominado pelos meninos. Se eles resolviam invadir o gramado, invadiam. Se a gente reclamava, eles gritavam, e, quando isso não resolvia, eles batiam. Em geral, não chegávamos a esse ponto porque, ao menor sinal de tensão, inventávamos logo um calor ou uma vontade de ir ao banheiro e tentávamos ir para casa de Marcela. Lá encontrávamos outro tipo de opressão. O quarto de brincar de Marcela era dominado, sem dúvida, por ela. Nós podíamos fazer qualquer coisa, desde que ela estivesse de acordo, e normalmente não estava. Depois de um tempo, aprendemos a esperar que ela mesma sugerisse alguma coisa e então podíamos começar a brincar em paz. Durava pouco e terminava em geral com uma briga entre Natália e Marcela. Ocorria mais ou menos assim:

"Essa brincadeira tá chata. Vamos fazer outra coisa. Polícia e ladrão!", uma brincadeira que Natália aprendeu com os meninos.

"Não. Quero continuar brincando de namoro", dizia Marcela, colocando a mão sobre a boca de um grande urso de pelúcia, beijando-a em seguida.

Cada uma tinha o próprio namorado. O namorado de Natália era um boneco e o meu era qualquer coisa, às vezes até a porta servia. Assim como Natália, eu também não gostava dessa brincadeira.

"Ai, mas já brincamos disso a tarde toda. Inventa outra coisa", protestava Natália.

"Não. Eu que sou a Rainha da Brincadeira."

A Rainha da Brincadeira era a criança que podia escolher do que brincar. O dever das outras crianças era respeitar a decisão da Rainha da Brincadeira, esperando a vez de também ocupar o cargo. O problema era que Marcela nunca saía do trono.

"Então eu vou pra casa", ameaçava Natália. Às vezes funcionava, outras vezes, não.

A dinâmica era essa e nós podíamos escolher livremente se queríamos sofrer a tirania dos meninos ou de Marcela. Era assim que as coisas funcionavam, como eu disse, um treino para a vida adulta. O importante era que Natália e eu éramos uma dupla.

Até que, certo dia, Natália me mandou ir na frente. Disse que me encontraria em seguida no terrenão. Fiquei sentada sob a sombra de uma árvore, mexendo nas pedrinhas, tímida demais para falar com alguém. Quando Natália apareceu, primeiro fiquei aliviada e depois abatida. Vi que estava com as sandálias prateadas. Os raios de sol refletiam nos pés dela. Natália parecia uma estrela que andava. Fiquei sem ar. Eu não sabia que ela podia usar as sandálias para brincar no terrenão. Duvido que pudesse. Passei o dia inteiro tentando olhar para outra coisa, até que a Marcela nos chamou para a casa dela. Assim que entramos no quarto, ela foi logo anunciando:

"Hoje a Rainha da Brincadeira pode ser a Natália."

Falou como se aquilo já tivesse acontecido antes, como se não fosse nada. Senti uma bola na garganta e achei que estivesse passando mal. Era a humilhação que doía em mim pela primeira vez. Aprendi ali a fazer algo que repetiria muitas vezes na vida: fingi que nada aconteceu e tentei não chorar.

9

No domingo seguinte, estávamos nos preparando para ir à igreja quando tia Rosana veio a nossa casa procurando pelas sandálias de Natália.

"Ela não para de chorar, não sei mais o que fazer", disse minha tia, em desespero.

Acabou que só minha avó e eu fomos ao culto. Passei o tempo inteiro pedindo perdão a Deus. Natália estava triste por minha causa. Estava até chorando, coisa que eu nunca a vi fazer. De início, peguei as sandálias com intenções ainda piores. Planejei cortá-las em pedacinhos, mas vi que seria muito difícil. Depois, pensei em mandá-las para longe, jogar no rio ou no esgoto, mas a logística era complicada, eu não podia sair de casa sozinha. Pedi a Deus uma resposta.

Conforme os dias foram passando e nenhuma solução me era apresentada, não tive outra saída senão inventar que estava doente. Pude ficar a semana inteira deitada no sofá vendo televisão e ninguém me perguntou mais nada. Natália brincava perto de mim, vestia suas bonecas sem me dizer uma palavra.

Depois de uma semana, ela apareceu usando as sandálias. Não entendi nada. Eu estava de saída para a igreja, perguntei a Deus o que tinha acontecido. *Ganhou outra? Fui descoberta?* Não sabia o que me parecia pior. Em casa, corri para o esconderijo e então descobri: as sandálias não estavam mais lá. Voltei para o sofá, mal conseguindo conter o coração dentro do peito.

Quando Natália chegou, sentou-se ao meu lado, quieta, olhando a televisão. Balançava as perninhas finas com os pés que brilhavam. Não aguentei o silêncio.

"Suas sandálias!"

"Eu que achei."

Não voltamos a tocar no assunto. Nem tivemos a oportunidade. Deixamos as sandálias de lado depois do que aconteceu em seguida.

10

Naquela manhã, acordei minha avó e ficamos enrolando na cama. Ela beliscava minha perna usando os dedos do pé, como garras de siri. Ainda era cedo, mas já estava bem quente. Isso pode ter sido em janeiro, fevereiro ou em qualquer outro mês, pois aqui faz calor o ano inteiro. Lembro-me dela curvada e franzina, usando a camisola de algodão branca que deixava os braços à mostra e a cobria até os joelhos.

Tia Rosana chegou na hora de sempre, trazendo uma garrafa de café. Minha avó não bebeu. Minha tia perguntou se ela queria outra coisa. Não queria. Talvez estivesse apenas indisposta, com calor, mas tenho a sensação de que ela já sabia de tudo desde que acordou. Quando vejo as cenas do dia na minha cabeça, quase posso pegar os sinais com a mão. Ela enrolou para sair da cama, ela não quis o café, ela insistiu para eu brincar com Natália na rua, o que não fazia nunca, pois minha avó era medrosa e gostava de nos manter por perto e dentro de casa.

Mas naquele dia ela nos botou para fora. No meio da tarde, eu me lembro de ter ficado muito triste e fui me sentar sozinha na sombra. Um dos meninos me empurrou no barro, eu me sentia suja e envergonhada. Natália estava pronta para dar o troco quando comecei a soluçar. Ela não podia deixar que me vissem chorando e por isso voltamos logo para casa.

Quando um aglomerado de pessoas está em volta da sua casa, você já pode se preparar para uma notícia ruim. Nós ainda não sabíamos disso e entramos em casa despreparadas. Minha tia estava no chão da cozinha e gritava abraçada ao corpo imóvel de minha avó. Ficamos ali por muito tempo, encostadas na parede da cozinha, aterrorizadas. Pensei em dizer: *Abre o olho, vó*, porque eu fazia isso todos os dias e sempre funcionava. Mas não disse. Algo na agitação dos adultos e no sofrimento de tia Rosana me dizia que minha avó não abriria mais os olhos de passarinho.

11

Descobrimos depois que ela teve uma embolia pulmonar. Tossiu um pouco de sangue e morreu. Minha tia subiu até sua casa para buscar um bolo para o lanche e, quando voltou, já não podia fazer mais nada.

Os meses que se seguiram foram confusos. Primeiro, porque eu estava experimentando a morte pela primeira vez. As crianças pequenas ainda não sabem o que é isso. Se alguém perguntar, dão sinais de que compreendem. Podem dizer que alguém foi encontrar Papai do Céu ou que virou uma estrelinha, mas elas não entendem o que isso significa, não fazem a menor ideia. Essa compreensão acontece com a experiência. Quando alguém próximo deixa de fazer parte da sua vida, um dia depois do outro você finalmente entende que nunca mais vai ver aquela pessoa outra vez. Isso é a morte. Não foi feita para iniciantes.

Eu não me lembro de quase nada do que veio depois daquele dia em que entramos na cozinha da minha avó. Dizem que o velório foi bonito, e deve ter sido. A imagem de minha tia chorando é a única lembrança que eu tenho. Seu sofrimento me contagiou e em algum momento comecei a chorar também, só não sabia ao certo pelo quê.

Uma ideia mais concreta me preocupava naqueles dias: com quem eu ia ficar agora? Ouvia fragmentos de conversas e tinha motivos para suspeitar que minha mãe estava voltando. Não eram conversas muito animadoras. Minha tia reclamava da ausência de minha mãe no velório. Disse que era interesseira e só queria ficar com a casa.

Eu não conseguia dormir. Meus tios arrumaram um colchão no quarto de Natália, e ela gostava de ficar conversando até tarde. Eu a deixava falando sozinha até dormir e depois encarava o teto. Duas coisas me apavoravam: a possibilidade de rever minha mãe e o medo de que o fantasma da minha avó aparecesse para mim no escuro.

Minha mãe nos visitava às vezes, mas nunca trazia malas. De repente, lá estava ela, com duas malas grandes nas mãos. Não sei dizer se chegou logo ou se demorou. O que para mim pareceu imediato, pode ter levado semanas ou meses para acontecer. O que importa é que aconteceu. Minha mãe estava de volta.

Quando chegou, encontrou uma grande recepção. Minha tia preparou tanta comida que parecia Natal. Acho que ela odiava e amava minha mãe com a mesma intensidade. Quanto a mim, eu nem odiava, nem amava. Não a conhecia direito ainda, naquela época. Além das malas, ela também trouxe um presente para mim: uma boneca Barbie, que não se parecia muito com a boneca Barbie da Marcela e não articulava os braços nem as pernas. Mas era bonita.

Ao ver que a casa só tinha um quarto com cama de casal, minha mãe pediu para tio Mário trazer o colchão em que eu estava dormindo na casa deles, instalando-o em seguida no quartinho de costura. Ela falou para eu não me preocupar, que com o tempo arrumaria o quarto e o deixaria digno de uma princesa. Aquilo me magoou de muitas maneiras. Significava que ela pretendia desmontar o quartinho de costura da minha avó. E, pior ainda, ficou claro que ela não queria dormir comigo.

Eu nunca tinha passado uma noite sozinha. Acordava o tempo todo e ficava muito triste quando não encontrava minha avó dormindo ao meu lado. Depois, me lembrava de que ela estava morta e voltava a ficar com medo de vê-la no escuro. Queria pedir para dormir com Natália, mas não disse nada. Esses primeiros dias de convivência com a minha mãe eram decisivos e eu sabia que não podia errar.

12

Tudo aconteceu na semana em que eu estava me preparando para entrar na escola. Fui sozinha, pois Natália só poderia ser matriculada no ano seguinte. Enquanto eu tinha aulas, ela continuava frequentando o terrenão e a casa de Marcela. Por isso, quando estávamos juntas, eu procurava compensar o tempo perdido e redobrava minha atenção a ela, que me ofendia sempre que podia descrevendo as brincadeiras que fazia com a nova melhor amiga. Assim como Natália, eu também editava minha história e só contava as partes boas. Falava que me sentava perto da professora e que ela me elogiava porque eu era a única que pintava os desenhos sem borrar. Não contava que na maior parte das vezes era quase insuportável. As crianças não brincavam comigo e eu tinha medo de falar.

Para completar a história, minha mãe resolveu ir embora novamente. Ela estava com um novo namorado, um cara que usava cavanhaque e camisa estampada. Quando veio nos visitar e viu que eu dormia no colchão, ele comprou uma cama nova para mim. Achei que era um bom sinal. De acordo com a minha mãe, ele era funcionário público, ganhava bem e tinha sido promovido. O problema é que o novo trabalho seria no interior de São Paulo e eles teriam que morar lá. Não me perguntaram se eu queria ir junto.

Desta vez, fui para o quarto de Natália em definitivo. Eu ainda não conseguia dormir. Arrastava-me para a escola todos os dias e ficava sentada, esperando a hora de voltar para casa. A professora parou de elogiar minhas pinturas. Meu primeiro ano na escola estava sendo um desastre. Eu não conseguia acompanhar os outros alunos e fui ficando cada vez mais desinteressada.

Meu tio era quem me levava para a aula. Era a primeira vez que havia um homem todos os dias na minha casa e isso me deixou um pouco nervosa. Apesar de ser muito calmo, ele tinha uma aura de autoridade que eu não via na minha avó e na minha tia. Íamos e voltávamos em silêncio. Ele também era bastante rígido com a Natália. Por exemplo: ela deveria comer tudo o que estava no prato e não podia nem pensar em reclamar. A refeição era sagrada, e Natália a esta altura já estava ficando um pouco malcriada, de forma que não era incomum um conflito explodir durante o jantar.

Certa vez, minha tia fez um prato de bolinhos de arroz. Ela dividiu a porção entre nós, três bolinhos para cada um. Natália olhou e disse: *Só isso?* Meu tio se levantou em silêncio, pegou os bolinhos do seu prato e os colocou no prato de Natália. Em seguida, fez o mesmo com os meus e com os da minha tia. Natália ficou com 12 bolinhos no prato, além do arroz, feijão e a carne. Então ele disse: *Agora você vai comer tudo.*

Eu tive raiva dela porque fiquei sem os meus bolinhos de arroz, mas também senti pena. Ela sabia que o pai estava falando sério e começou a desbravar a montanha de comida que estava à sua frente. Iniciou com os bolinhos e quando acabou com os 12, dava pra ver que não aguentava mais. Foi empurrando o resto da comida até que não sobrou nada. Não dizia uma palavra, o que me parecia respeitoso, mas também desafiador. Na hora de dormir, vi que ela passou mal e se levantou várias vezes para ir ao banheiro.

Aprendi com Natália o que nunca deveria fazer em casa. Intuía que não tinha os mesmos direitos que ela. Não poderia me dar ao luxo de dar trabalho. Foi por isso que estremeci dos pés à cabeça quando encontrei meu tio na rua certo dia. Eu estava caminhando pelo bairro porque não aguentei ficar na aula até o final e dei um jeito de escapar na hora do intervalo. Eu não tinha destino nenhum, apenas a solidão. Queria encontrar um lugar onde pudesse esperar sozinha o horário da saída, então voltaria para o portão da escola. Meu tio estava abastecendo a Parati em um posto de gasolina e me reconheceu de longe. Achei que eu fosse morrer. Ele queria saber o que eu estava fazendo ali, mas eu não soube responder. Apenas olhava para os pés concentrada em não chorar. Então, para minha surpresa, me perguntou se eu queria ir com ele vistoriar uma obra.

Naquela época, meus tios estavam com mais dinheiro. Depois que minha mãe foi embora, tia Rosana expandiu o quartinho de costura para a casa inteira. Agora, ela não apenas fazia vestidos de festa sob encomenda, mas também criava modelos para alugar. Tio Mário já não era mais servente de pedreiro, era mestre de obras. Eu não sabia do que se tratava, mas achava que só podia ser uma coisa muito importante, com um nome desses. No dia em que me flagrou matando aula, meu tio me apresentou seu trabalho.

Chegamos a uma casa que estava quase pronta. Lembro-me do chão cheio de serragem e do cheiro de madeira fresca. Entramos em todos os cômodos e meu tio foi explicando tudo o que havia sido feito: onde ficavam as colunas, o que era vergalhão de ferro e por que eles eram necessários. Mostrou a melhor posição para se colocar portas e janelas e como saber se uma madeira era de qualidade. A casa estava vazia. Os pedreiros já tinham ido embora e meu tio apontou onde o trabalho tinha sido bem feito e onde eles tinham feito *uma verdadeira porcaria*. Eu estava encantada. A última parada do passeio foi no banheiro. Os azulejos tinham sido colados na parede com um pequeno espaço entre eles, na espessura de um macarrão.

Ainda falta colocar o rejunte, ele disse, explicando que é necessário aplicar a massa e esperar secar para depois limpar o excesso com um pano molhado. Não se esqueceu de me dizer que existem rejuntes de várias cores e que o melhor é o cinza, que não suja muito e combina com tudo. Em seguida, me levou para casa e não tocou mais no assunto.

Fiquei contente porque tio Mário não me deixou de castigo, mas também fiquei triste porque sabia o que isso significava. Ele não era meu pai.

13

Na escola, eu não me livraria dessa tão fácil. Meus tios foram chamados para conversar sobre o meu comportamento, e ter matado aula foi o menor dos meus problemas. O ano letivo já estava terminando e eu ainda não tinha sido alfabetizada como as outras crianças. Além disso, a escola estava sofrendo um surto de piolhos e aparentemente eu era parte do problema.

Tentando controlar a praga, as professoras faziam revista toda semana. Quando menos se esperava, elas nos organizavam em filas e começavam a examinar a cabeça de todos nós, um por um. Hoje eu sei que era um trabalho ingrato, mas na época eu achava que elas faziam isso por pura maldade.

Eu estava sempre atenta ao sinal de que haveria uma revista. Sempre que a professora levantava-se com uma sutil cara de nojo, eu pedia para ir ao banheiro antes que ela pudesse ter a chance de falar. Permanecia no banheiro pelo maior tempo possível e, às vezes, conseguia evitar a humilhação. Quando anunciavam a revista de surpresa, eu ficava enrolando para entrar na fila. Às vezes, fingia que já tinha sido inspecionada, às vezes, me escondia embaixo da mesa. Claro que a professora percebia. Ela mandava bilhetes para a minha tia pedindo que ela mesma averiguasse e tratasse uma possível infestação de piolhos. Como eu ainda não sabia ler, não pensei em interceptar as mensagens. Se minha tia resolvia vistoriar minha cabeça, eu achava que só podia ser porque ela era tão má quanto as professoras.

Não era surpresa para mim que, todas as vezes que tia Rosana olhava o meu cabelo, ele estava cheio de piolhos. Seguia-se, então, sempre o mesmo processo. Ela passava vinagre na minha cabeça e cobria tudo com uma touca. Depois, estendia uma camiseta branca na mesa e usava um pente fino em todo o meu cabelo. O pente arranhava o couro cabeludo. Doía muito. Se eu pudesse fazer três pedidos naquela época, eu teria pedido que a minha mãe voltasse, que a minha avó não tivesse morrido e que desaparecessem de uma vez todos os piolhos do mundo. Eu achava que para Deus nada era impossível, mas minha cabeça continuava coçando, minha mãe ainda estava longe e minha avó, a cada dia mais morta.

Além disso, soube que seria reprovada.

14

Eu tinha cabelos longos, uma cascata de cachos castanhos e cuidava deles com muita dedicação. Os cabelos, assim como as unhas, eram objeto de adoração das mulheres. Estávamos sempre no salão, acompanhando minha tia. Ela fazia as unhas toda semana e alisava o cabelo todo mês. Com 5 e 6 anos, Natália e eu tínhamos uma vaga noção de beleza e de como isso nos afetava já na infância. As meninas aprendem cedo a dar importância às palavras que os adultos escolhem para elogiar. Eu era bonita e Natália era *espertinha*. Isso magoava minha tia, embora Natália nunca tenha dado sinais de se importar.

Ao contrário do meu, o cabelo da Natália não crescia. Seu cabelo era crespo, desafiador, caía nela como uma luva. Mas tia Rosana não se dava por vencida e usava todos os tipos de cremes, grampos e elásticos para tentar conter os sinais de rebeldia em Natália. Lembro-me de quando passamos o dia inteiro no salão. Minha prima não parou de chorar um minuto. Minha tia corria até o mercadinho, comprava doces, chocolates, salgadinhos, mas nada era capaz de conformar Natália. Ela esperneou durante todo o procedimento. O cabeleireiro revirava os olhos enquanto trabalhava e trabalhava. Ele esticava os fios de Natália, mecha a mecha, e depois voltava a enrolá-los, de forma cacheada e controlada.

"Aguenta firme, Natália. Seu cabelo vai ficar lindo."

Minha tia estava desesperada.

"Pra ficar bonita tem que sofrer", disse o cabeleireiro.

Não lhe pareceu uma boa troca. Natália não voltou a alisar o cabelo. Às vezes, procurava uma blusa de mangas compridas para prender ao redor da cabeça, de maneira que a blusa e as mangas caíam por sobre os ombros, como uma cabeleira lisa. Meu cabelo longo era talvez a única coisa da qual eu me orgulhava. Foi por isso que me senti tão traída quando minha tia fez o que fez. Ela desistiu de lidar com os meus piolhos. Só quem poderia dar um jeito era o cabeleireiro, disse. Eu gritei de felicidade e a segui até o salão de beleza, ansiosa. Pensei que eles tinham um produto especial que eliminaria todos os piolhos do mundo. Mas não foi o que aconteceu. Eles cortaram o meu cabelo curtinho, bem rente à cabeça. Fiquei igual a um menino.

15

A parte boa de ter sido reprovada é que agora eu podia estudar com Natália. A parte ruim é que eu tinha que me preparar para ser humilhada todos os dias na frente dela. Eu era uma menina com cara de menino agora. Não passaria despercebida. No primeiro dia, tentei disfarçar usando um gorro de lã, embora estivéssemos em pleno verão e, com isso, só tenha conseguido chamar mais atenção. Eu suava de calor e nervosismo.

Natália estava animadíssima. Eu havia mentido durante o ano inteiro sobre as maravilhas da escola e agora ela estava ansiosa para fazer parte da história. Nossa sala era organizada em fileiras, com as carteiras posicionadas aos pares. Eu nunca tive uma parceira fixa, sempre me sentava no primeiro lugar vago que eu via, e o primeiro lugar vago era sempre ao lado das crianças que eram tão tímidas quanto eu, o que não me ajudou a fazer amizades. Agora que Natália estava comigo, eu não precisava me sentar ao lado de mais ninguém.

Pensei que meus problemas estariam resolvidos, mas essa convicção durou pouco. No intervalo, uma menina da minha turma anterior se aproximou.

"Por que você não está na nossa sala, Malu?"

"Eu reprovei", respondi, envergonhada.

Ali mesmo já cometi o primeiro erro. Você nunca dá a informação que eles pedem assim tão fácil. Principalmente quando a resposta não é boa.

"E por que você está com esse troço ridículo?"

"Eu acho bonito", interveio Natália.

"Ah, é? Então por que não usa você?", disse a menina, arrancando o gorro da minha cabeça e descobrindo meu cabelo raspado.

O choque foi imediato. A menina, não me lembro o nome dela, explodiu em gargalhadas e chamou todo mundo para ver. Fiquei plantada no meio do pátio, sem reação. Não conseguia chorar, mas também não conseguia fugir, nem sabia como dar a ela a resposta que merecia. Natália sabia. Pegou o gorro das mãos da menina à força e me devolveu. A outra respondeu com um empurrão. Depois seguiram-se os socos e os pontapés.

As crianças se reuniram em volta das duas, gritando frases de apoio para a menina, que era a aposta de todos, pois era grande e feroz. Elas rolaram no chão até que Natália ganhou certa vantagem, derrubando e ficando por cima da adversária. Golpeou a menina com um tapa atrás do outro até que a professora chegou. Achei que a partir daquele momento minha vida estava acabada para sempre, mas não foi o que aconteceu.

A briga trouxe grande prestígio para Natália e, por consequência, para mim também. Ela se tornou popular, fez amigos rapidamente. Natália era a minha dupla e, se o meu cabelo tinha sido motivo de piada, ninguém mais se lembrava. Agora ele me dava um respeitável ar de perigo.

16

No 4º ano entramos na Tasso da Silveira, uma escola grande, muito maior do que a anterior, onde havia pelo menos quatro vezes mais alunos e não apenas crianças pequenas, mas também adolescentes. A esta altura, já tinha recuperado meus cachos. Também ganhei notas melhores. Natália estava indo bem em todas as matérias e isso me incentivava a estudar tanto quanto ela. De modo geral, nossa vida avançava depressa e nos dava a impressão de antecipar um grande futuro.

As coisas também estavam indo bem em casa. O negócio de aluguel de vestidos de festa estava fazendo sucesso, e meu tio transformou a área vazia no térreo em uma sala comercial. Natália gostava de passar o tempo na loja. Ela ainda não tinha 10 anos e já sabia operar a máquina de costura. Eu ainda amarrava os retalhos nas minhas bonecas quando minha prima aprendeu a fazer saias e vestidos costurando os pedacinhos de tecido. Começou também a desenhar as criações antes de costurar. Fazia modelos lindos, extravagantes e coloridos.

Com o dinheiro sobrando em casa pela primeira vez, minha família preparou uma grande festa no final do ano e convidou amigos e vizinhos. Eu estava bastante animada, principalmente porque minha mãe e o cara do cavanhaque estavam a caminho. O nome dele era Marcos. Quando chegaram, tive duas surpresas. Ele não tinha mais cavanhaque. Agora fazia a barba e andava bem vestido. Achei-o muito bonito. Parecia rico. Minha mãe estava mais gorda. Mais tarde, naquele dia, descobri que estava grávida.

17

Fiquei amuada. Natália estava ansiosa pelo presente embaixo do pinheiro. Tio Mário disse que só poderíamos abri-lo depois que todos os convidados chegassem. A cada nova visita, Natália vibrava. Primeiro, chegou a irmã de nossa avó, tia Florzinha, que morava em Barra de Guaratiba. Ela veio com o filho solteirão, tio Raul. *Já posso abrir?*, perguntou. Depois foi a vez de Mariângela e Valdir, nossos vizinhos da casa ao lado. Eles trouxeram a filha Marília, que na época tinha por volta de 15 anos. Natália estava cada vez mais animada: *E agora?* Por último, finalmente chegaram, atrasados, Renata e Afonso, puxando Marcela pela mão. *Agora sim, já pode abrir*, disse meu tio.

Natália foi logo rasgando o pacote imenso, ignorando os apelos de minha tia para que tivesse cuidado, que guardasse o papel, tão bonito. Eu sei que tia Rosana depois tentaria salvar o pouco que não tinha sido rasgado. Ela passaria o papel de presente a ferro até tirar todos os amassados e o acomodaria com cuidado no armário do quarto, onde costumava guardar todo tipo de coisa. Natália, quando viu o presente, começou a gritar. Era uma piscina desmontável. Tio Mário, Marcos, Valdir e Afonso tiraram a camisa e começaram a montá-la. Fazia calor e eu me lembro de pensar que, quando eles terminassem, daríamos todos um belo mergulho. A piscina era tão grande que isso seria possível. E, por ser tão grande, demorava uma eternidade para encher. Natália e eu assistíamos, hipnotizadas, a água saindo da mangueira num fio estreito e lerdo, que preenchia o vazio aos poucos, formando grandes barrigas de água. Marcela foi quem quebrou o encanto. Ela disse: *Na minha casa ela é muito maior e não é de plástico.*

Poderíamos inaugurar a piscina depois do almoço. Cada convidado trouxe um prato de comida, o que não impediu minha tia de passar a semana inteira preparando o banquete. Normalmente temos frango, farofa, arroz à grega, maionese, salada, talvez um pouco de feijão e uma torta salgada, como salpicão ou empadão. Natália e eu tentamos colocar pouca coisa no prato para terminar logo e entrar na piscina, mas não adiantou nada. Tia Rosana nos encheu de comida. Foi uma dificuldade para nos livrar das passas sem ela ver. Em uma rápida investigação, descobrimos que estavam em todos os pratos: no arroz, na farofa e até na salada.

Comemos juntos na laje, em uma longa mesa arrumada junto à churrasqueira. O clima não era tão íntimo, mas os convidados se esforçavam. Tudo corria bem, mas eu me lembro exatamente o momento em que eu percebi que não ia *terminar* bem. Marcos trouxe bebidas, afinal, gostava de uma cervejinha. Minha mãe o acompanhou. Eles estavam cada vez mais animados e barulhentos, e quando chegou a hora da sobremesa percebi que também estavam ficando mal-educados.

Tinha pudim de leite, manjar de coco com calda e ameixas e também uma gelatina em camadas, com todas as cores de gelatina que havia no mercado. Natália e eu comemos duas vezes. Teríamos repetido uma terceira vez se não estivéssemos tão ansiosas para inaugurar o presente. Marcos começou a dizer que estava faltando sorvete e se levantou para comprar. Minha mãe pediu a ele que ficasse quieto e lhe estendeu um prato de pudim, que ele jogou para o lado (estragando o pudim). Impressionou-me ver um homem tão bem vestido sendo tão grosseiro. Naquela época, eu achava que as pessoas ricas eram melhores do que nós e por isso mereciam o dinheiro que tinham. Logo eu descobriria que estava enganada.

Minha mãe começou a reclamar. Ela estava bêbada e isso era uma visão horrorosa. Não porque estava grávida, eu não entendia ainda essa parte do problema, mas porque falava com a boca mole e se atrapalhava com as palavras. Senti medo e fiquei feliz por ela morar longe. Ela brigou com Marcos, depois brigou comigo e depois partiu para cima de tia Rosana.

"Olha, vocês estão de parabéns pela loja. Ficou tão chique", ela disse. "Só acho que você podia ter me consultado antes. Que eu saiba, esta casa também é minha."

Ninguém respondeu. Ela continuou.

"Mas quer saber? Eu não dou bola pra isso. Não dou mesmo. Pode ficar com a casa. Fica pra você, Rosana. É justo que você fique com alguma coisa pelo trabalho que tem com a Malu e tudo o mais."

Os convidados começaram a se lembrar de outros compromissos e o almoço acabou ali. Minha tia se levantou para arrumar a cozinha e, quando terminou, chamou tio Mário para tirar um cochilo. Aproveitamos para cair na água. Competimos para saber quem conseguia prender a respiração por mais tempo. Com a cabeça submersa na água, eu abria os olhos e me concentrava na onda azul estampada no fundo. Aguentei por 42 segundos. Era uma vitória folgada frente aos 20 segundos de minha prima. Quando tirei a cabeça da água, encontrei Natália imóvel. Segui seu olhar e vi que Marcos estava gritando.

Não estranhávamos os gritos. A gritaria era a língua do meu bairro. Se alguém estava na cozinha e queria falar com outra pessoa no quarto, gritava. Se a casa não tinha campainha, ou até mesmo se tivesse, o vizinho era chamado aos gritos no portão. E também se brigava por qualquer coisa. Meus tios às vezes exaltavam-se também. Mas eu nunca tinha ouvido um tom de voz como aquele. Teríamos saído logo da piscina se para entrar em casa não tivéssemos que passar entre os dois.

Natália e eu brincamos em silêncio para ouvir a conversa, mas não houve conversa. Marcos se levantou e deu uma bofetada na cara da minha mãe. Pulamos com o barulho. Minha mãe pediu, baixinho: *Para, por favor*. Ele não parou. Deu outro tapa e depois mais outro. Disse: *Sua puta*. Ela começou a chorar, disse: *As crianças*. Mas ele não ouviu ou não se importou. Deu um último soco. Desta vez, tão forte que a derrubou. Depois saiu e a deixou lá, sozinha, no chão, com um fio de sangue escorrendo do nariz, a mão segurando o rosto, a barriga imensa.

18

Marcos e minha mãe foram embora no dia seguinte, depois do café. Ela estava com um olho roxo e quieta. Despediu-se com um abraço forte e disse que me amava. Senti tanta pena que meu coração doía. Para Marcos, não disse tchau. Faria-me um favor se morresse. Assim que eles saíram, meus tios começaram:

"Como aquele desgraçado fez aquilo na Roseli?", disse tio Mário, furioso. "Ela não te contou nada?"

"Nada. Falei com ela mais cedo. Disse que estamos preocupados. Ela tem que voltar pra cá."

"Ela não vai voltar. Vai ficar com esse traste. Ainda bem que foram embora porque eu já estava no meu limite. Aqueles dois se merecem."

"Minha mãe não teve culpa", eu disse.

Eles se assustaram. Devem ter esquecido nossa presença. Adultos costumam ter esse equívoco. Conversam como se as crianças não tivessem ouvidos.

Depois disso, tio Mário resolveu que era hora de nos levar para uma pequena viagem em família. Meus tios estavam sempre ocupados com costuras e obras e por isso raramente passeávamos e quase nunca íamos à praia. Embora Barra de Guaratiba seja apenas outro bairro do Rio de Janeiro, e nem mesmo fica longe de Realengo, passar a semana do Carnaval na casa de tia Florzinha foi a nossa primeira grande viagem.

A casa de tia Florzinha era enorme como a casa de Marcela, só não era tão chique e não tinha um quarto de brinquedos. A senhora sossegada e rechonchuda nos esperou com o almoço pronto. Além disso, nos deu de presente dois maiôs iguais, como maiôs de gêmeas. Tínhamos quase a mesma altura, mas não nos parecíamos em mais nada. Natália era bem mais magra do que eu e era também mais escura. Eu nem sempre era considerada negra. Às vezes me chamavam de *moreninha*.

Experimentamos nossos maiôs de gêmeas e aguardamos para ir à praia. Depois, tivemos que tirar nossos maiôs de gêmeas e aguardar um pouco mais. Meus tios estavam cansados da viagem e ficaram em casa. Foi na manhã seguinte que a mágica aconteceu. Acordamos cedo e seguimos para a praia. Natália e eu corremos logo para o mar, onde milhares de pontinhos brancos refletiam a luz do sol, como lantejoulas de Carnaval. A água era muito gelada e, naquele calor de fevereiro, eu não conseguia pensar em nada melhor. Cada centímetro cúbico da areia e da água estavam ocupados. Foi uma festa.

Brincávamos apenas no raso, pois não sabíamos nadar. Meus tios também não sabiam, de modo que não havia quem nos ensinasse. Apesar disso, e não sei como, Natália aprendeu rapidamente a pegar onda. Tentei algumas vezes, mas passei vergonha em todas elas. Eu gostava de ficar mergulhando e voltando para a superfície. Prendia a respiração, apertava o nariz, descia e subia. Poderia ficar o dia inteiro assim. Natália, não. Sempre foi aventureira. Estava o tempo inteiro inventando alguma coisa. Primeiro, me desafiou a subir o costão de pedras, não fui. Ela o escalou sozinha. Eu via pequenas pedras rolando sob seus pés e sentia um aperto no estômago. Quando chegou lá em cima, me deu um tchauzinho e desceu novamente, mais pedras rolando até o chão. Foi até uma grande rocha redonda, junto ao mar, e gritou: *Vou pular*. Eu não me preocupei. Sabia que ela não iria tão longe, mas o que aconteceu foi que ela pulou.

19

Foi assim durante todo o período que ficamos na praia. Quando voltamos a Realengo, visitamos os pais de Marcela. Meus tios queriam desfazer a má impressão do almoço no fim do ano. Afonso nos recebeu com um belo churrasco na beira da piscina. Não se parecia em nada com os nossos. Em casa nos empanturrávamos de linguiça, que era cortada em rodelas e passadas na farofa. Quando chegava a hora de almoçar, já não tínhamos fome e não percebíamos que havia pouca carne. Mas na casa de Marcela era o contrário: tinha tanta carne que nem sobrava espaço para a linguiça. Tia Rosana levou a sobremesa, uma torta gelada de abacaxi. Renata a comeu quase sozinha. Depois de repetir pela quarta ou quinta vez, desculpou-se: *É que eu estou comendo por dois.*

Marcela em breve ganharia um irmãozinho e isso me afetou diretamente. Vou explicar por que: durante aquele almoço, eles perguntaram a meus tios se eu poderia brincar com Marcela de vez em quando para Renata poder cuidar do bebê. Ela me daria um dinheirinho. Vi que o convite desagradou tia Rosana, mas tio Mário, ao ouvi-lo, concordou na hora.

Comecei a brincar com Marcela alguns meses depois.

Eu tinha 10 anos. Voltava da escola, almoçava, e depois tio Mário me deixava na casa de Renata. Ela me recebeu de modo afetuoso e me tratou como uma convidada especial, mas não o tipo de convidada especial que você está pensando. Estou falando do tipo que precisa lavar a louça do almoço. Ela me perguntou se eu poderia "só tirar o pó das coisas com um paninho seco" e depois também com um paninho úmido, e foi assim que eu deixei de ser amiga de Marcela para virar sua empregada.

20

Natália ajudava minha tia na loja. Ela gostava de passar a tarde inteira no balcão, lendo e escrevendo. Chegou a vencer um concurso estadual de redação e, depois disso, virou uma espécie de autoridade nas aulas de Língua Portuguesa. As outras crianças pediam ajuda com as lições e tiravam dúvidas. Todas queriam fazer trabalho em grupo com ela. Porque ficou em primeiro lugar, Natália ganhou uma caixa cheia de livros e 100 reais, que usou para comprar mais livros. Nosso quarto agora tinha uma pequena biblioteca. Parte do prêmio era também a publicação em um grande jornal. Ninguém lia jornal em nossa casa, mas, quando soube que seu texto seria publicado, Natália ia diariamente à banca e folheava o jornal inteiro, à procura do próprio nome. Depois de alguns dias mostrou, orgulhosa, o nome para os pais. Vi que ficou decepcionada com a reação deles, esperava mais emoção. Sobretudo depois que nossa professora de Língua Portuguesa chorou em sala de aula. Um dia, Natália seria tão boa quanto Clarice Lispector, disse.

"Guarde esse recorte de jornal para o seu currículo de escritora."

"O que é um currículo?", Natália me perguntou mais tarde.

"Não sei."

"Você acha mesmo que eu posso ser escritora um dia, Laurinha?"

"Claro."

Eu não fazia ideia. Estava ocupada com meus problemas na época. Ir para a casa de Marcela me deixava cansada. Brincar, eu não brincava. Ela só falava comigo para pedir suco ou água ou achocolatado ou qualquer coisa que desejasse naquele momento. Eu podia fazer um lanche antes de ir para casa, mas agora eu mesma tinha que preparar os sanduíches de queijo, presunto e maionese e cortá-los em dois triângulos. Na primeira vez, fiz um achocolatado para mim, mas Renata pediu que eu bebesse outra coisa para economizar. *Eu preciso tomar muito leite por causa do bebê*, ela disse.

Marcela estudava em uma escola particular. Quando eu chegava, ela estava sempre de uniforme, reclamando da mãe que não a deixava fazer nada. Depois, colocava o biquíni e ia para a piscina. Renata também reclamava. Dizia que deixava Marcela fazer tudo o que queria e estava sempre exausta, o bebê mamava demais. Naquela época, minha irmã tinha acabado de nascer. Chamava-se Larissa. Eu ainda não a conhecia e toda vez que o bebê de Renata chorava, eu imaginava que era ela. Quando eu podia chegar perto, ficava até um pouco nervosa.

O que tinha sido o quarto de brinquedos de Marcela agora era o quarto do bebê. Não sei onde foram parar todas aquelas coisas cor-de-rosa, lilases e brancas. O quarto do bebê era azul, com a parede coberta de nuvens e as prateleiras cheias de brinquedos de pelúcia. Eu não chegava nem perto. Tinha que tomar todo o cuidado do mundo para não derrubar alguma coisa e acordar o bebê. Deixá-lo dormir pelo maior número de horas possível era o objetivo número um de Renata. Seu objetivo número dois era ela mesma conseguir dormir um pouco. Renata era uma mulher distante. Lembrava minha mãe. Afonso, pai de Marcela, era muito mais agradável. Sempre trazia alguma coisa gostosa da padaria e me entregava no caminho de casa. Ele me levava no fim da tarde, assim que chegava do trabalho. Conversávamos sobre o bebê ou sobre alguma coisa que eu tinha feito no dia.

Comecei a gostar dele depois do episódio dos quibes. Renata tinha comprado um cento de quibes para o jantar. Eu recebi a encomenda porque ela e o bebê estavam dormindo quando a campainha tocou. Levei um susto e corri para o portão, antes que a acordassem. Deixei a caixa de quibes em cima da mesa e depois fui cuidar das minhas tarefas. Marcela estava na piscina, como sempre, e eu tinha que varrer a casa.

Quando terminei, fui à cozinha e vi que a caixa de quibes não estava mais ali. Fiquei gelada. Não queria que pusessem a culpa em mim.

Procurei em toda a parte, no fogão, na geladeira, no micro-ondas, nos armários. Nada. Marcela continuava distraída na piscina. Eu saberia caso tivesse entrado na cozinha porque o piso estaria todo molhado, ela nunca se enxugava. Tranquei-me na lavanderia para chorar. Foi lá que encontrei os quibes. Em cima do armário, apenas uma ponta da caixa aparecendo no alto. Renata os escondeu para que eu não os comesse.

Peguei a escada. Quando alcancei a caixa de quibes, trouxe-a para o chão, onde abri o pacote com cuidado e depois comecei a comê-los, um a um. Estavam frios. Lembrei do dia em que Natália enfrentou todos aqueles bolinhos de arroz. Olhando para a fileira de quibes à minha frente, senti a mesma determinação em acabar com todos eles, mas não consegui. Eram pequenos, mas eram 100. Comi tudo o que pude. O resto joguei no lixo e voltei para o meu trabalho.

No dia seguinte, Renata estava me esperando na cozinha. Disse que era pecado desperdiçar comida. Pensei que ia me mandar embora, mas não foi o que aconteceu. Disse que estava cansada. *Vou falar com sua tia depois*, ela disse, e foi dormir. Quando encontrei Marcela, ela me olhou com desprezo.

"Se queria tanto o quibe, podia ter pedido. Não precisava *roubar*."

Não respondi.

Quando Afonso chegou, dei graças a Deus porque já era hora de ir embora. No carro, ele também tocou no assunto.

"Me conta o que aconteceu, Malu."

Comecei a chorar.

"Eu não ia pegar o quibe", tentei dizer, entre soluços.

Ele esperou que eu me acalmasse e falou:

"Eu sei. Você jamais pegaria alguma coisa sem pedir, não é?"

Concordei com a cabeça. Estava triste demais para falar.

"Vou conversar com a Renata. Vamos deixar isso entre nós, tá bom? Seus tios não precisam saber. Você não vai mais fazer isso, né?"

"Não, senhor."

"Não me chame de senhor. Me chame de tio Afonso."

21

Inesperadamente, Natália começou a frequentar a casa de Marcela. Passavam a tarde inteira na piscina ou vendo filmes na televisão. Nesses dias, eu deixava minhas tarefas de lado e me juntava a elas. Não queria que Natália me visse sendo a empregada da casa, mas admito que suportar Marcela era ainda pior. Eu me perguntava por que minha prima não empurrava a cabeça de Marcela embaixo da água e a segurava até que ficasse toda roxa e os olhos saltassem para fora. Sempre que me pedia alguma coisa que ela mesma poderia pegar, especialmente quando fazia isso na frente de Natália, eu imaginava Marcela inchando e virando uma bola, como eu vi em um filme. Então, levaria a Marcela Bola para o terrenão para que os meninos a chutassem o dia inteiro.

Em pouco tempo, caí de febre e precisei ficar em casa. Passei alguns dias sem me levantar da cama. Natália saía para brincar com Marcela sozinha, voltando no fim da tarde de carona com o pai dela. Então, de uma hora para outra, começou a ficar em casa comigo. Seu interesse por Marcela acabou da mesma forma que começou: sem explicação. Assim que eu melhorei, voltei à minha rotina na casa de Marcela. Natália, entretanto, nunca voltou a pisar lá.

Duas coisas que aconteceram na época me fizeram acreditar que a amizade entre as duas estava rompida para sempre. Primeiro foi o sumiço. Todos na casa perguntavam por ela. Marcela apenas uma vez, tentando parecer casual. Eu sabia que aquilo de casual não tinha nada. Sua única amiga não queria mais saber dela. Sempre que o nome de Natália surgia, eu dizia algo como: *Está muito ocupada, está com outra amiga,* ou minha resposta preferida: *Disse que não queria vir.* Admirava Natália mais do que nunca. Ela estava dizendo àquelas pessoas o que eu não conseguia. Estava dizendo que nós não precisávamos deles. E a segunda coisa que Natália fez provou isso de uma vez por todas.

Tudo começou no dia em que Renata foi à loja encomendar vestidos para a festa de 10 anos de Marcela. Quando minha tia comentou que Natália também estava prestes a completar 10 anos, Renata encontrou uma boa oportunidade para recuperar a amizade da filha. *Vamos comemorar juntas,* decidiu.

Os aniversários de Marcela eram famosos no bairro. Ela foi uma das primeiras a contratar uma casa de festas. Renata repetia o tempo todo que era uma ideia brilhante. Estava feliz com a chance de mostrar a todos como era generosa. Quando foi à loja fazer uma prova do vestido e viu Natália no balcão, resolveu puxar assunto.

"Está animada para o aniversário, Natália? Eu já mandei fazer o painel. Vai ficar lindo."

"Eu não vou na festa", ela respondeu, sem tirar os olhos de seu caderno.

Renata pensou que era uma surpresa e ficou de boca fechada. Mas Natália não estava brincando, ela realmente não iria à festa. Chegou a dizer isso duas ou três vezes e ninguém lhe deu ouvidos. Minha tia estava ocupada demais. Trabalhava até tarde para dar conta de tantos vestidos. Estava costurando para todas nós: para mim, para Natália, para Marcela, para Renata e para ela mesma. Naquela época, ainda não comprávamos roupas no *shopping*. Na escola, usávamos uniforme e as roupas do dia a dia eram compradas em lojas do bairro. Tia Rosana sempre fez questão de costurar ela mesma nossas roupas para ocasiões especiais. O *shopping* era apenas um lugar para passear e comer na praça de alimentação.

No dia do aniversário, acordei nervosa. A festa começaria às 3 horas. Logo depois do café da manhã, Natália havia desaparecido. Eu estava tomando banho quando ouvi os gritos da minha tia. Saí do banheiro com o cabelo cheio de xampu. Quando tia Rosana perguntou se eu sabia onde Natália poderia ter se metido, eu logo vi o que estava acontecendo: ela havia fugido.

22

A primeira coisa que fiz foi tentar descobrir o que ela havia levado. Uma das nossas tarefas obrigatórias era manter nosso quarto limpo e organizado, e por isso eu sabia de cor onde deveria estar cada coisa. Dei falta do caderno com o qual ela andava sempre grudada. Isso me tranquilizou. Significava que não pretendia ir embora para sempre. Meus tios não pareciam ter tanta certeza. O nervosismo deles era crescente. Perguntaram na vizinhança. Nada. Mariângela e Valdir, que moravam no sobrado ao lado do nosso, foram na casa de festas sondar se Natália tinha ido até lá. Perda de tempo, pensei. Era mais fácil Natália estar na Lua.

Comecei a procurá-la no terrenão, depois fui até a casa de alguns amigos da escola, mas ninguém tinha visto Natália. Às 5 horas, o caos era completo. Renata ligou perguntando o porquê do atraso. Quando soube o que havia acontecido, reclamou sobre a decoração da festa, tudo tinha o nome de Natália. *Que vergonha estou passando aqui*, ela disse. Minha tia não a esperou terminar de falar e desligou o telefone.

"Vamos para a delegacia", decidiu.

O policial de plantão não nos deu muita atenção. Disse que não deveríamos nos precipitar, que ela poderia estar escondida perto de casa. Sugeriu que meus tios se dividissem: um deveria ficar em casa enquanto o outro continuava a busca num raio de 2 quilômetros. Anotou o nosso número de telefone e mais algumas informações sobre Natália, caso alguém entrasse em contato.

"Dois quilômetros? Eu vou revirar esse bairro inteiro", disse meu tio.

Minha tia orava ajoelhada no chão há horas quando tio Mário voltou de sua busca, sozinho. Os vizinhos entravam e saíam da nossa casa em busca de notícias. Diziam que, enquanto houvesse sol, havia esperança. Eu interpretei aquilo de modo literal e achei que, se anoitecesse, Natália estaria perdida para sempre. Não tirava os olhos do relógio. Às 19 horas anoiteceu, e me tranquei no banheiro para chorar. Saí quando ouvi um tumulto. Encontrei minha prima muito calma, sentada no sofá da sala, explicando devagar que tinha ido até o cemitério.

"Como você foi até lá?", meus tios perguntaram.

"De ônibus", respondeu.

"E como você pegou um ônibus sozinha?", gritou meu tio.

Natália encolheu os ombros. Não era nada difícil pegar um ônibus.

"Você perdeu sua festa de aniversário."

"Eu queria voltar a tempo, mas não consegui."

"E o que você foi fazer lá?"

"Fui visitar minha avó."

Só então percebi que havia uma desconhecida em nossa casa. A funcionária do cemitério, percebendo que Natália estava sozinha, ficou de olho nela durante o dia e a trouxe para casa no final do expediente. Era uma mulher simpática, que parecia estar rindo sempre, mesmo quando estava de boca fechada.

"Essa menina é uma figuraça", ela disse, antes de se despedir ouvindo milhares de obrigada e Deus te abençoe.

"Natália, você tem ideia do que podia ter acontecido? Se queria ir até lá bastava pedir", disse minha tia, quando ficamos a sós.

"Vocês nunca me levam ao cemitério."

Era verdade. Natália vivia pedindo para ir ao cemitério onde nossa avó estava enterrada. Meus tios sempre desconversavam. Quando ela insistia, eles davam desculpas. Que ela queria estar de volta para a festa, era obviamente uma mentira, mas todo o resto da história de Natália fazia bastante sentido. Ela contava de um jeito que parecia não haver outra coisa a ser feita. Por isso, todos nós sabemos que o castigo que ela recebeu naquela noite – *Não sairia de casa sozinha nunca mais,* disse meu tio – não duraria muito.

No quarto, foi minha vez de contar a história. Falei da nossa ida à delegacia, da rede de ligações que mobilizou todo o bairro em sua procura, de tio Mário em completo desespero. Ela ouvia com atenção. Fez-me repetir duas vezes e me encheu de perguntas. *Como era a delegacia?, Meu pai gritou?, Onde você me procurou?,* queria saber.

O dia seguinte era um domingo. Fomos todos à igreja e depois minha tia organizou uma festinha em casa com bolo, brigadeiro, salgadinhos, refrigerante e balão. Chamou Mariângela, Valdir e Marília. Ligou para Renata para informar que estava tudo bem com Natália, mas ela lhe respondeu friamente e desligou.

23

Naquele ano, Renata e Afonso recusaram nosso almoço de fim de ano. Disseram que viajariam com Marcela, mas sei que mentiram, pois os vi no mercado fazendo compras para a ceia. Minha mãe veio sem Marcos desta vez. Quando a buscamos na rodoviária, ela estava sem malas, trazendo nos braços apenas minha irmã. Larissa era uma coisinha bonitinha, muito redonda e rosada. Olhava para mim com curiosidade. Eu pegava suas mãozinhas e fazia caretas, mas ela não ria. Não interagia comigo. Fiquei pensando que Natália era bem mais minha irmã do que ela.

Atualizei-me sobre a vida de minha mãe ouvindo conversas atrás da porta. Soube que as coisas não iam nada bem entre ela e Marcos. Ele andava impaciente com o choro do bebê, tão irritado que minha mãe passou a dormir no quarto de Larissa. Eu queria saber se ele voltou a bater nela, mas sobre isso não disse nada. Tia Rosana também não perguntou. Ao longo daquela semana, meus tios tentaram convencê-la a morar conosco, e desta vez ela aceitou. Eu não cabia em mim de felicidade. Fiz planos, imaginei a vida maravilhosa que teríamos todos juntos, mas que no fim não tivemos porque ela não veio. Quando chegou fevereiro e ela não deu notícias, meus tios ligaram. Ela disse que estava tudo bem, que Marcos agora era outro homem. Então pediu para falar comigo e meu coração deu um pulo. Eu tinha uma lista mental de tudo o que eu queria contar e perguntar, mas, no momento em que ouvi sua voz, tudo fugiu e só respondi *aham*.

Eu tinha consciência de que minha mãe não era o melhor exemplo que eu conhecia. Tampouco era o pior. A mãe de Bruna, por exemplo, Maria Louca, eventualmente aparecia na frente da escola e tirava a roupa. Certa vez, mandou carne estragada no lanche da filha, o que inviabilizou nossa aula, tamanho o fedor da sala. Quando eu pensava alguma coisa ruim da minha mãe, lembrava dos peitos caídos de Maria Louca balançando no meio da rua. Pensava na vergonha de Bruna, correndo para cobrir a mãe com a mochila, um casaco, qualquer coisa.

Maria Louca não era louca. Ela sofria de problemas com álcool e drogas. Os meninos também a chamavam de Maria Puta, mas eles usavam tanto essa palavra que já não significava muita coisa. Todo mundo na escola adorava suas aparições. Qualquer coisa que ela fizesse era motivo de comentários e encenações por várias semanas. Eu gostava dela porque fazia a minha mãe parecer normal.

Chegou meu aniversário e minha mãe não ligou. Não me lembro se fiquei decepcionada ou mesmo se esperei por ela. Lembro apenas que ganhei uma boneca da Renata (muito feia) e um perfume do Afonso (muito chique). Como eu tinha 12 anos e estava apaixonada, larguei a boneca em um canto qualquer e fiquei com o perfume. O menino por quem eu estava apaixonada estudava na minha turma. Murilo tinha um sorriso enorme, um cabelo todo enrolado, sempre engraçado, sempre lindo. Eu nutria aquele amor em segredo desde que o conheci. Não tinha coragem de contar para ninguém, não conseguia sequer me aproximar. Eu nunca teria falado com ele se não fosse aquele bilhete.

O bilhete apareceu de forma misteriosa em minha mochila no Dia dos Namorados. Era uma declaração de amor não assinada, arrancada de qualquer jeito do caderno, com as arestas arrepiadas. Pedi a Natália que me ajudasse a descobrir de quem era. Intimamente, torcia para que fosse *dele*, mas como saber? Ela me disse que o único jeito era comparar com a letra de todos os meninos da sala. Passei as semanas seguintes concentrada na investigação. Eu pedia o caderno dos meninos, dizendo que não tinha conseguido copiar a matéria do quadro. Já tinha visto a letra de todos eles e nenhuma se parecia com a do bilhete.

Só faltava Murilo, mas era difícil reunir coragem. Agora ele era, por exclusão, o principal suspeito. Natália insistiu.

Eu não dormia mais. Revirava-me na cama pensando nele. Como era possível que um menino escrevesse daquela forma tão bonita? E estava apaixonado por mim. E teve a coragem de colocar o bilhete na minha mochila. Eu não queria desapontá-lo. Ia pedir o caderno no dia seguinte, usando a mesma desculpa de sempre. Antes de devolver, escreveria uma resposta na última página. Diria que também o amava. Depois que um menino e uma menina trocam esse tipo de informação, eles se tornam automaticamente namorados. Não precisa de nada além disso. Já havia alguns casais na escola. Bruna e Vinícius namoravam desde o 4º ano. O amor ainda era muito simples.

Eu me perguntava se nos beijaríamos logo. Havia excelentes esconderijos no pátio. O mais popular era chamado de namoródromo, uma pequena praça dentro da escola com bancos e árvores onde os casais se refugiavam. Fiquei pensando nisso até que, cansada, caí no sono. No dia seguinte, acordei mais cedo do que de costume. Tomei banho, ensaiei o que precisava dizer para pedir o caderno e treinei o beijo no espelho do banheiro, só por garantia. Repassava mentalmente cada etapa do plano: pegar o caderno, comparar as letras, escrever a resposta na última página, consolidar o namoro. Quando encontrei Murilo, falei tudo logo de uma vez para não desistir nem gaguejar.

"Me empresta seu caderno?"

"Achei que nunca ia me pedir."

"Por quê?", perguntei, começando a ficar nervosa.

"Você tá pedindo o caderno de todo mundo."

Ele deu uma risada, linda, linda, linda. Eu quis morrer.

"Você já fez exame de vista? Vai ver tá precisando de óculos."

Me leva contigo, Senhor, pensei.

"Toma, pode ficar com ele", ele disse, me entregando o caderno. "Vai ficar linda de óculos."

Socorro.

Saí correndo para o banheiro. Tranquei a porta, respirei fundo e abri o caderno: não era a letra dele. Não se parecia nem um pouco, na verdade. Murilo tinha uma letra de garrancho e era desleixado com o caderno. Borrei meu rosto de lágrimas e rímel. Não consegui disfarçar que chorei. Se já não sabia, Natália descobriu naquele momento que eu amava Murilo.

24

Aos 12 anos eu já pressentia que os homens ofereciam certo risco. Indo e voltando da escola, não era incomum ouvir gracinhas, às vezes bem explícitas. Natália e eu apertávamos o passo e fingíamos não ter ouvido. Mais de uma vez pararam o carro e ofereceram carona. Aprendemos cedo que esse é o preço por andar na rua, uma estranha espécie de pedágio. Então, eu não estava tão desavisada para o que aconteceu, mas infelizmente estava despreparada. Voltando para casa, certo dia, começou a chover. As gotas faziam um estrondo no vidro do carro. *Ploc. Ploc. Ploc.* Afonso parou o carro perto de um posto de gasolina e disse que não estava enxergando nada. Era melhor esperar. Fiquei observando a chuva caindo no vidro, que começava a embaçar.

"Condensação", eu disse.

Afonso afastou a alça da minha blusa.

"Você está com marquinha de biquíni."

O contato me pegou de surpresa. Pensei em dizer que passamos o Carnaval em Barra de Guaratiba, que íamos à praia todos os dias, mas a voz não saiu.

"Deixa eu ver", ele disse, mexendo novamente na minha blusa, revelando duas pontas do que ainda seriam os meus seios.

Não me mexi. Ele se aproximou, enfiou a língua dura na minha boca e ficou mexendo lá dentro. A barba arranhava o meu rosto, o gosto da boca era horrível. Quando ele colocou a mão entre minhas pernas, eu abri a porta do carro e pulei para fora. Corri o mais rápido que pude, mas ele não demorou a me alcançar. Pediu para eu voltar para o carro. Acompanhava meus passos, dirigindo lentamente. Disse que precisava se desculpar. Nada daquilo tinha importância. Foi uma brincadeira. Eu continuava andando. Ele se descontrolou. Gritou que, se tivesse que sair do carro, terminaria o que tinha começado. Voltei a correr, entrando em todas as transversais e ruelas que encontrei pelo caminho. Ele me perdeu de vista.

Quando cheguei em casa, a chuva tinha diminuído. O carro de Afonso estava estacionado na rua, ao lado da Parati. Não sabia o que me esperava. Só entrei porque não tinha outro lugar para ir. Estavam os três sentados na sala, meus tios e ele. Assim que me viu, deu um suspiro de alívio.

"Malu! Até que enfim! Onde você se meteu?"

Não respondi.

"Afonso disse que parou no posto e quando voltou você não estava no carro. Onde você foi, Malu?", perguntou meu tio.

Só consegui olhar para minha tia.

"Eu te fiz uma pergunta, Malu", reparei a voz baixa do meu tio embrutecendo.

Tia Rosana o interrompeu:

"Olha só, ela está toda encharcada", disse. Ela me mandou para o chuveiro, pois eu estava molhando o chão.

Fiquei no banheiro por muito tempo. Ninguém bateu à porta. Olhava meu tênis cheio de lama. Depois, tomei banho e lavei a roupa no chuveiro. Não chorei. Estava assustada demais até para isso.

25

Nunca contei para ninguém o que Afonso fez. No começo, fiquei aliviada por não ter acontecido o pior. Depois, me senti esperta. Repetia para mim mesma: *Não aconteceu nada, eu consegui fugir*. Esse sentimento, no entanto, era apenas uma ondulação na superfície de águas mais profundas, onde o estrago já estava feito. Eu não era a mesma pessoa e sentia isso toda vez que tio Mário entrava em um cômodo onde eu estava sozinha. Sentia urgência em sair e precisava lutar para permanecer no mesmo lugar. Com o tempo, passei a evitar meu tio e nunca mais voltei a ter com ele um relacionamento próximo.

Por outro lado, comecei a me apegar cada vez mais à tia Rosana. Naquela mesma noite, ela me chamou para conversar e pediu que eu lhe contasse o que tinha acontecido. Confirmei a versão de Afonso. Disse que ele parou para abastecer o carro e eu decidi vir a pé porque não aguentava mais nem ele, nem Renata, nem Marcela. Pedi para não voltar mais àquela casa. Depois de um longo silêncio, ela me disse que pensaria o que fazer. Fui dormir com o terror de ter de ver Afonso mais uma vez. Talvez eu fugisse de casa, talvez minha mãe me deixasse morar com ela. Eu poderia ajudar a cuidar da minha irmã. Só então a represa dentro de mim desmoronou. Chorei até de manhã.

Antes de eu sair para a escola, tia Rosana me chamou. *Vou dar um jeito*, ela disse. *Você não volta mais lá*. Até hoje me pergunto se ela sabia. Sentada na mesa da cozinha, de manhã cedo, ela estava pálida, abatida. Acho que não dormiu. Logo depois, descobrimos que estava doente.

A mim e a Natália, informavam apenas o essencial: ela está doente, vai fazer uma cirurgia, logo vai ficar boa. Mas ouvíamos o que conversavam à noite, antes de dormir, e sabíamos de tudo. Eu pesquisava na internet as palavras que memorizava, e tinha a impressão de estar ajudando. Durante o dia, vigiávamos tia Rosana para mais tarde trocar as informações em segredo: *Hoje ela vomitou? Acordou bem disposta? Como estava em uma escala de zero a dez?* A escala foi ideia minha.

Certa vez, tia Rosana chegou em casa usando um gorro de tricô na cabeça. Ninguém comentou. Na hora do jantar, não comi. Mexi a comida no prato até que ficou fria. Não se ouvia uma palavra. De repente, minha tia tirou o gorro e mostrou o cabelo raspado. *Viu só, Malu. Era só o que me faltava. Eu também peguei piolho*, ela disse.

Natália e eu choramos de rir. Ela andava sensível e chorava por qualquer coisa, sempre um motivo bobo. Por não encontrar determinado livro ou porque não tirou uma boa nota. Também brigava comigo quando eu pegava alguma coisa sua ou quando demorava para sair do banheiro. Com minha tia, ela chegava a ser cruel. Criticava e menosprezava tudo o que tia Rosana fazia. Certa vez, disse que não a amava.

Quanto a mim, estava apavorada por conta das coisas que lia na internet. Quando tivemos a chance de acompanhá-la ao hospital, algo para o qual estava me preparando havia meses, entreguei uma lista de perguntas para Natália apresentar ao médico. Ela não deu atenção, pegou o papel de qualquer jeito, pensei que o jogaria fora. Mas quando teve oportunidade, no fim da consulta, tirou-o do bolso.

"Eu gostaria de fazer algumas perguntas", disse. "Se o senhor permitir."

A voz dela estava empostada, tentava parecer adulta.

"Mas é claro", divertiu-se o médico. "O que você quer saber?"

"A falta de ar pode significar que ela está com toxidade pulmonar?"

O médico ficou surpreso. Pediu o papel e leu as perguntas até o fim. Em seguida, voltou a dobrá-lo e o devolveu a Natália.

"Sua mãe vai ficar bem", respondeu. Desta vez estava sério.

Nascia em mim um desejo que eu não sabia explicar e só mais tarde pude entender: queria ser como ele. O médico me deixou impressionada. *De onde ele veio, como chegou lá?* Não fazia ideia, mas com certeza não era ninguém do bairro.

26

Depois deste episódio, minha tia nos proibiu de acompanhá-la nas consultas. Natália reagiu com fúria. Protestou, gritou e ficou de castigo. Passou a noite inteira me atormentando. Achava que eu tinha escrito alguma besteira na lista que entregamos ao médico e me acusava. *Tia Rosana ia morrer*, disse. E a culpa era totalmente minha. Ninguém veio ao quarto fazê-la parar, o que estranhei. Nossa casa tinha paredes finas.

A loja fechou por um período. Tio Mário trabalhava pouco, passava a maior parte do tempo levando minha tia ao hospital. Ele vendeu o carro novo, que tinha acabado de comprar, e agora estávamos de novo só com a Parati. Dava para sentir que faltava dinheiro. O desaparecimento da geleia no café da manhã foi o primeiro sinal. A venda do carro foi a confirmação. Comecei a entender que os procedimentos que minha tia estava fazendo eram caros. Eles tinham viajado para São Paulo de avião para fazer um tratamento. Perguntei a Natália se podíamos ajudar a ganhar mais dinheiro. Ela me respondeu com frieza.

"Eles não precisam. Estão pedindo dinheiro emprestado da Renata e do Afonso", ela disse. "Eu preferiria morrer a pedir alguma coisa para eles."

Aquela frase não me surpreendeu. Natália andava cada vez mais agressiva. Tratava tia Rosana como se tivesse culpa de estar doente. Como se tivesse decidido nos abandonar de repente, como fez minha mãe. Falava pouco comigo na época. Passava o dia inteiro escrevendo no caderno. Escrevia, escrevia, escrevia, arrancava as páginas e então começava de novo.

Eu me sentia sozinha e comecei a ler os livros de Natália. No começo, só para chamar atenção. Li tudo que tínhamos e depois comecei a pegar livros na biblioteca da escola. Melhorei meu desempenho nas aulas de Língua Portuguesa, e em pouco tempo a professora começou a me elogiar também. Natália continuava sendo a melhor da turma, mas agora eu era a segunda. Em Ciências, porém, eu era de longe a número um. Adorava tudo relacionado aos corpos humanos e celestes. Ainda estávamos no 6º ano, mas eu já estudava por conta própria as matérias do 8º. Além disso, sempre tinha questões para tratar com a professora Irene depois da hora. Depois de um tempo ela cansou e me proibiu de fazer perguntas. Disse que eu confundia os alunos e atrasava seu trabalho. Em outras palavras: não gostava de mim.

Os livros de Ciências se tornaram minha obsessão. Eu gostava de descobrir a origem das coisas, as histórias por trás de cada fato. Eram como romances para mim. Natália não ligava. Pensei que tinha perdido o interesse, fazia tempo que não a via lendo, mas me enganei. Encontrei entre suas roupas uma pilha de livros que ela comprava na banca de jornal e depois escondia. Quando os folheei, fui surpreendida com histórias de sexo na praia, ao luar, em navios e grandes hotéis. As páginas onde havia as melhores cenas estavam dobradas.

Li todos. Pegava-os quando estava sozinha no quarto e depois trancava a porta. Não tinha tempo de ler um livro inteiro então pulava para as páginas marcadas por Natália. Até que um dia ela parou em frente a uma banca a caminho da escola e disse:

"Se você quiser ler, tem que comprar também."

27

A fase dos romances nos reaproximou, mas foi o caso do banheiro que restaurou minha relação com Natália. No dia em que tudo começou, sentimos cheiro de confusão assim que entramos na sala. Bruna e Vinícius estavam sentados em lados opostos, o que não acontecia desde o 4º ano. Logo começou a circular o seguinte bilhete: *Terceira porta do banheiro*. A professora estranhou a vontade repentina de urinar que atingiu a turma e nos proibiu de sair.

Quando enfim tocou o sinal do intervalo, foi um deus nos acuda. Todas as meninas e meninos correram para seus respectivos banheiros. O empurra-empurra era violento. Pisei nos óculos de uma menina e quando me abaixei para pegá-los, pisaram em minha mão. Quase a quebraram. Os óculos, por outro lado, estavam intactos. Guardei-os no bolso para devolver depois. Já ia me levantar quando vi Natália engatinhando e a segui. Na terceira porta do banheiro feminino estava escrito com caneta Pilot azul: *Bruna e Vinícius tranzaram*. Meus olhos deram um salto. Bruna só tinha 12 anos.

Quando conseguimos sair do banheiro, Natália foi logo dizendo: "É tudo mentira, Laurinha."

"Mentira como? Quem mentiu?", perguntei assustada.

A possibilidade de alguém inventar uma coisa dessas foi para mim um segundo choque.

"Vou falar com Bruna agora mesmo", ela disse.

Natália marchou decidida até a sala de aula, onde imaginamos que Bruna estava escondida durante o intervalo. Não estava. Também não voltou depois que o sinal tocou. Bruna tinha desaparecido. *Quem cala, consente*, comentavam. Entre os meninos, a euforia era total. Enquanto as meninas controlavam risinhos, eles se exaltavam cada vez mais e não demorou até que surgisse a palavra *puta*.

Vinícius não pareceu se ofender. Estava bem orgulhoso, isso, sim. Tentei adivinhar o que Murilo estava dizendo naquelas rodinhas. Procurei me aproximar para ouvir, mas era impossível. Queria acreditar que ele defendia Bruna, que estava enfrentando os amigos. Eu não conhecia muito bem os meninos naquela época, ainda não sabia o quanto isso era improvável.

Naquele dia, dormimos tarde. Conversamos sobre o assunto até de madrugada. O plano de Natália era checar mais uma vez o caderno de todo mundo até encontrar o culpado. Também queria prestar atenção no material escolar de cada um e descobrir quem tinha caneta Pilot. Os recadinhos na porta do banheiro em geral feitos com lápis ou caneta Bic. Por isso, e também por causa do conteúdo, a mensagem sobre Bruna se destacava entre todas as outras. Logo se tornaria o ponto turístico da escola.

No dia seguinte, a resposta. Escreveram com canela Bic, logo abaixo: *Mentira*. Era a letra de Natália. Bruna não foi para a escola naquele dia, nem depois. A conversa na porta do banheiro continuou.

Vc estava lá?, perguntaram, de Pilot.

Logo surgiram desenhos pornográficos e ofensas diretas.

Bruna 6º ano PUTA.

As meninas conseguiam ser tão violentas quanto os meninos, mas apenas dessa forma anônima e baixa. Natália foi até a orientadora pedagógica da escola denunciar o ocorrido. Queria que pintassem a porta e acabassem com aquilo. Dona Marta suspirou. Não ia mandar pintar nada porque no dia seguinte estaria tudo rabiscado mais uma vez.

"A Bruna está faltando à aula", insistiu Natália.

"Vou conversar com a mãe dela", disse a orientadora, demonstrando desconhecer Maria Louca.

Por muito tempo, Natália investigou em vão a autora das mensagens. Foi por acaso, durante um trabalho em grupo, que descobrimos que Luana era a dona da letra na porta do banheiro. Natália, com raiva, fez circular entre os alunos da turma um bilhete no qual pedia que Luana se desculpasse com Bruna. Foi assim que solucionamos o problema – e digo solucionamos porque estive ao lado de Natália durante todos os seus passos. Olhei para dentro de alguns estojos em busca da tal caneta Pilot e fui eu quem reparou no caderno de Luana, mas a verdade é que se não fosse Natália eu não teria feito nada. Assisti, maravilhada, como ela movia as peças de uma situação com a qual não concordava, transformando-a. Já na época, ela me parecia tão poderosa, capaz de resolver não apenas aquele pequeno drama, mas todos. Colei minha vida à de Natália, esperando que assim eu nunca tivesse que me preocupar com mais nada.

28

Naquele ano, o que eu tinha no peito se tornou inconfundível: eram seios. Fiz de tudo para escondê-los, eu queria ser plana e esguia como Natália. Não me reconhecia naquele novo corpo, que parecia grande demais para mim. Mesmo no verão, usava outra camiseta por baixo do uniforme para que não percebessem meu sutiã. O calor era insuportável.

Parei de trocar de roupa na frente de Natália, embora ela continuasse a fazer isso sempre. As coisas do corpo não pareciam afetá-la. Vivia alheia e não se olhava no espelho. Quando tia Rosana nos pediu para experimentar nossos vestidos e escolher um para usar na festa da igreja, ela pegou o que estava mais perto da mão. Quanto a mim, tirei os vestidos do armário e levei todos para o banheiro. Saí depois de muito tempo, dizendo que estava com dor de barriga. Nenhum deles me servia mais.

Naquele dia não fui à festa. Quando tia Rosana veio ao quarto para nos chamar, tive que me contorcer na cama para que ela pudesse acreditar e me deixar ficar em casa. Depois que fiquei sozinha, comecei a sentir dores de verdade. Fisgadas terríveis me atravessavam o corpo. Pensei que era castigo.

No dia seguinte, menstruei pela primeira vez.

Levantei em silêncio e levei o lençol para o banheiro. Havia nele uma pequena mancha de sangue. Lavei-o na pia, esfregando com sabonete até que não restassem vestígios. Com a calcinha, não tive tanta sorte. A mancha não saía de jeito nenhum. Não vi outra coisa a fazer senão jogá-la no lixo, escondida no fundo do cesto.

Depois que joguei a calcinha fora, me arrependi. Como voltaria para o quarto? Procurei o absorvente da minha tia no banheiro, mas não estava em lugar nenhum. Meti uma trouxa de papel higiênico entre as pernas, vesti o *short* do pijama e caminhei cuidadosamente até o quarto. Natália ainda não tinha acordado. Peguei uma calcinha limpa, outro pijama e voltei para o banheiro, onde investiguei a trouxa de papel higiênico. Mal tinha sujado. A menstruação não era uma correnteza de sangue, como eu imaginava. Estava mais para um ponto marrom e sem graça. Depois do banho, voltei a fazer uma trouxa de papel, coloquei o pijama limpo e voltei para a cama. Quando o despertador tocou, Natália veio me acordar. Eu disse que estava com dor de cabeça. Passei boa parte da manhã no quarto, mas logo ficou quente demais e eu tive que sair. Dei com tia Rosana na cozinha, as mãos na cintura:

"Você não vai me enganar. O que é que você tem?"

Senti vergonha de mentir para ela. Havia acabado de voltar da cirurgia. Estava curada, mas não tinha um dos seios. Parecia feliz, tinha um ar de quem não se preocupa com nada. E eu me preocupava com tudo.

"Dor de cabeça", respondi. "Tá horrível."

"Malu."

"Eu fiquei menstruada."

Ela me deu um beijo na testa.

"Fica quieta aí que eu vou até o mercadinho comprar absorvente."

Logo estava de volta com o pacote.

"Você sabe como usar?"

Eu sabia, mas não esperava que fosse tão desconfortável. Fiquei imaginando o que fazer para andar com aquilo sem ninguém perceber. Eu já sabia tudo sobre menstruação e, mesmo assim, não estava preparada. Pensava que seria um momento incrível, mas era no máximo uma sensação incômoda.

Naquela tarde, minha tia fez um café especial. Comprou bolo e fritou bolinhos, com bastante açúcar e canela por cima. Disse que era um dia importante. Perguntou se eu sabia o que isso significava.

"Que agora eu posso engravidar", respondi.

Vi que ficou satisfeita.

"Sim. Agora você precisa ser responsável", ela disse. "Você é uma mocinha."

É isso. Nossa infância tem data certa para acabar. A dos meninos, pelo jeito, pode durar para sempre.

No jantar, para minha surpresa, tia Rosana revelou meu segredo para todos. Tio Mário me deu os parabéns sem levantar os olhos. Pensei que Natália faria muitas perguntas, eu estava preparada para responder a todas. Mas, quando ficamos sozinhas, ela não disse nada.

29

Natália e eu nos aproximamos de Bruna depois da história da porta do banheiro. Eu gostava dela porque tinha aquela mãe. A minha não deu as caras durante toda a doença de tia Rosana. Ligava cada vez menos para saber de seu estado, até que não ligou mais. Meus tios, chateados, não fizeram mais contato, e eu já não tinha notícias dela há meses. Não que isso tenha me preocupado. Pelo contrário, eu achava que o sumiço significava que estava tudo bem. Ela costumava nos procurar quando tinha problemas. Natália também tinha interesse na mãe de Bruna. Ela observava os ataques de Maria Louca com atenção, como se dali pudesse extrair uma ideia, uma solução, um jeito de ajudá-la. Gostávamos de ouvir os problemas de Bruna. Ela era uma fonte inesgotável de drama. Tinha de lidar com a mãe bêbada, às vezes drogada. Segundo Bruna, era uma pessoa geralmente carinhosa, mas tornava-se violenta a qualquer momento. Quando ocorria um episódio assim, Bruna nos mostrava as marcas roxas. Era de cortar o coração.

Mas também tínhamos nossas conversas alegres, que ocupavam a maior parte do tempo. Meninos eram nosso assunto favorito. Bruna tinha 12 anos, como eu, mas já tinha muita experiência. Namorou Vinícius e já havia beijado outros dois. Ela nos dava conselhos. Sabia como se portar diante deles, como demonstrar interesse sem parecer oferecida e outras artimanhas da conquista. Nós a ouvíamos, mas nunca falamos nada. Natália não demonstrava interesse por ninguém em especial e eu também não falava de mim. Ao contrário, eu queria saber de Bruna. Tentava descobrir se nutria algum sentimento por Murilo, se já havia ficado com ele, se pensava em ficar. Aterrorizava-me a ideia de competir com ela, que parecia muito melhor nos assuntos do amor.

Bruna menstruou cedo e foi a primeira da turma a ter seios. Era alta, tinha pernas compridas e cabelos pretíssimos, alisados, que iam até a cintura. Não era linda, mas também não era feia. Com toda aquela sabedoria amorosa, parecia mais velha e chamava atenção. Eu me sentia mais bonita do que ela, mas nunca tinha beijado, então, de que adiantava? Já Natália, não tinha ainda nem beijo, nem menstruação. Estaria em desvantagem se não fosse tão esperta. Qualquer um diria que, apesar do corpo franzino, ela era a mais velha das três.

Certa noite, Natália me acordou de madrugada e pediu que eu lesse algo. Isso aconteceu quase no final daquele ano. Ela havia escrito uma nova história, disse, e queria saber o que eu achava. Eu estava com sono, resmunguei alguma coisa e voltei a dormir. No dia seguinte, a página rasgada do caderno estava na minha mesa de cabeceira. Irritava-me o modo como Natália me tratava, exigindo que eu sempre lhe atendesse de imediato e, como protesto, nem encostei no papel. Ela passou dois dias sem tocar no assunto. No terceiro, me acordou outra vez no meio da noite.

"Está um lixo, né?"

Levei um tempo para me situar.

"Quê? Que lixo?"

"O meu conto. Você não gostou. Pode dizer."

Estava sonolenta demais para falar.

"Conversamos amanhã, tá bom?", perguntei.

Virei para o lado e voltei a dormir. Pela manhã, ela estava com um aspecto horrível. Tinha olheiras profundas, o cabelo todo desgrenhado. Estava abatida. Só então me lembrei da conversa no meio da noite sobre o conto. Ela pensava que eu não tinha gostado. Por um momento, esse pensamento me pesou na consciência. Eu deveria ter lido. Mas eu também experimentava uma sensação doce, de me sentir amada. Minha opinião importava e era capaz de deixá-la naquele estado. Eu não sabia que exercia tanta influência sobre ela. Na verdade, não sabia que exercia influência alguma. Isso me deixou feliz. A caminho da escola, esclareci.

"Natália, eu não li sua história ainda. Tô preocupada com as provas", eu disse.

"Então leia logo, por favor. Tô perdendo o prazo."

Eu queria saber de que prazo ela estava falando, queria pedir desculpas, mas não falei nada. Li o conto naquela noite. Era maravilhoso. Falava de uma cidade onde o tempo não passava. Era triste e bonito. Desta vez, fui eu quem a acordou.

"Terminei de ler", eu disse.

Ela deu um pulo na cama.

"O que achou?"

"Muito bom."

"Fala a verdade."

"Muito bom mesmo."

"Então eu vou me inscrever", disse, com os olhinhos brilhando no escuro.

"Vai se inscrever no quê?", perguntei. Não fazia ideia do que estava acontecendo.

"No concurso. O prazo é amanhã. É um concurso nacional para jovens escritores."

"Eu não ouvi falar", eu disse. "Onde você achou isso?"

"Na internet", ela respondeu.

Então, levantou-se da cama e ligou o computador. Eram 3 da manhã. Apesar do sono, peguei uma cadeira e me sentei ao seu lado. Ela preencheu um cadastro enorme e depois anexou o documento que continha a história. Percebi que Natália tinha deixado tudo preparado, aguardando apenas minha palavra.

"O prêmio é mil reais", disse ela.

Arregalei os olhos. Mil reais era como ganhar na loteria.

30

Natália passava os dias olhando para o teto. Às vezes, pegava um livro, mas, quando eu perguntava sobre o que era, não sabia dizer. Estava distraída e desinteressada. Eu procurava atraí-la para outros assuntos, sem sucesso. Não conseguia alcançar Natália, seja lá onde estivesse. Ela se movia devagar. Arrastava-se pela casa, como se os pés estivessem presos em cimento mole. Passava o dia inteiro de pijama, às vezes nem tomava banho. Uma ideia sufocava Natália naquele verão. Algo que a deixava paralisada de expectativa e medo. Ela ansiava por tudo o que aconteceria caso fosse selecionada: a cerimônia, a premiação, seu nome no jornal. Quanto mais maravilhoso parecia o que viria a seguir, mais sofria com a possibilidade de não conseguir. Ela queria descobrir se era, afinal, uma jovem escritora.

(Claro que não adiantava dizer isso a ela.)

Enquanto isso, eu me sentia entediada e solitária. Nossos amigos marcavam encontros no *shopping*. Bruna sempre nos convidava e eu tinha que dar uma desculpa. Certo dia me cansei daquilo e disse a Bruna que iria encontrá-la. Minha tia insistiu que Natália me acompanhasse, mas ela nem reagiu. Se ficou chateada, não demonstrou.

Tio Mário me buscaria às 9 horas. Por um momento, me senti incrível, mas isso logo se dissipou. Bruna também tinha convidado outras meninas, logo me senti deslocada. Conversar com elas não era tão fácil sem a presença de Natália. Ela sempre sabia o que dizer e nunca ficava por baixo. Quanto a mim, já tinha sido deixada de lado em menos de uma hora. Para começar, cada uma tinha um namorado e eu não tinha nenhum. Quando eles chegaram, fiquei sozinha. Entrei em algumas lojas para passar o tempo. Mas, se eu demorava muito, a vendedora se aproximava para me vigiar, como se eu fosse roubar alguma coisa ou tirar uma tesoura da bolsa e picotar tudo. Pensei em ir ao cinema, mas o dinheiro não dava. Fiquei zanzando no *shopping* até as 9 horas. Pelo menos tinha ar-condicionado.

Voltei a sair com Bruna algumas vezes. Gostava de me sentar com as meninas e participar de conversas onde eu nunca dizia nada, mas ouvia com atenção. Quando os meninos chegavam, eu saía para passear. Um dia encontrei Murilo no *shopping*, ele estava com a família saindo de uma loja de eletrônicos. O pai era bem alto e tinha barba. Era um homem bonito, parecia ator de novela. A mãe estava bem vestida, tinha o cabelo pintado de loiro e usava salto alto, segurava uma menina pequena pela mão. Segui a família a distância. A menina segurava um balão azul. Era grande, brilhante e flutuava no ar, o que facilitou localizá-los. Estavam caminhando para a praça de alimentação, onde ficaram por muito tempo. Comeram no McDonald's.

Pensei na minha mãe. Larissa talvez tivesse a mesma idade daquela menina. Será que comiam no McDonald's? Quase os perdi de vista. Quando percebi, estavam novamente no corredor. Caminhamos pelo *shopping* com duas ou três lojas de distância entre nós. Às vezes, Murilo olhava para trás e eu tinha que disfarçar. Ele não me via, e, mesmo que visse, não teria feito diferença. Nunca falava comigo. Antes de entrar no elevador que os levaria para a garagem, Murilo parou na frente de um *pet shop*, onde ficou olhando os filhotes. Depois que foram embora, voltei caminhando até a praça de alimentação e pedi um McLanche Feliz.

31

Em fevereiro, Natália se animou. É impossível ser infeliz em fevereiro. Arrumamos nossas malas, preparamos sanduíches embalados no papel-alumínio, compramos biscoitos de polvilho e enchemos duas ou três garrafas com mate gelado. Era hora de ir à praia. Naquele ano, conhecemos dois meninos: Alan e Michel. Eles frequentavam a casa de tia Florzinha, seus pais veraneavam na mesma rua e às vezes apareciam para o jantar. Natália me pareceu interessada pelo mais velho, Michel. Ria de tudo o que ele dizia, até mesmo quando não tinha graça. Ele era alto, moreno e tinha os cílios longos e bem pretos, que deixavam seus olhos mais verdes. Tinha 15 anos e o irmão, 13. O irmão nem bonito era. Não conversava muito, nem contava piadas. Todos os dias nos encontrávamos na praia. Quando Michel contou que eles gostavam de ir ao Brazuka, Natália disse que adorava o lugar. Ela nem sabia o que era.

"Então", disse Michel, "a gente podia ir hoje à noite."

"Não sei se podemos", respondi.

"Claro que podemos", interrompeu Natália.

No fim da tarde, voltamos para casa com a promessa de encontrá-los no Brazuka às 7 horas. Tínhamos então dois problemas: descobrir que lugar era aquele e convencer meus tios a nos deixar sair sozinhas à noite.

"Os meninos falaram que tem um lugar muito legal no centrinho chamado Brazuka."

Foi assim que Natália começou. Ela procurou meu tio quando ele estava sozinho.

Ele não respondeu.

"Eu sei onde fica. Vamos?", disse Natália. Mentira número um.

"Fora de cogitação, Natália. Tô morto de cansado. Vou dormir cedo hoje."

"Os meninos vão e os pais deles também", insistiu. Mentira número dois.

"E onde fica esse lugar?"

"No centrinho." Mentira número três.

"Tá bom. Vou comer primeiro e depois levo vocês lá."

Ponto para ela.

"Mas, ó: 10 horas vou buscar vocês."

Não foi difícil encontrar o lugar. Realmente ficava no centrinho. O Brazuka era uma *pizzaria* simples, com mesas e cadeiras de plástico, uma mesa de pingue-pongue, uma mesa de sinuca e um fliperama. Michel e Alan já estavam lá. Tio Mário os viu. Ele nos deu 20 reais e se despediu com um beijo em cada.

"Eu vou chegar mais cedo e esperar no carro. Ai de vocês se não estiverem aqui", ele disse.

Primeiro comemos *pizza*, depois jogamos pingue-pongue. Ganhei quase todas as partidas. Alan ficou no fliperama a maior parte do tempo. Antes que pudéssemos perceber, já eram 10 horas. No dia seguinte, nos encontramos novamente na praia. Michel se exibia, nadando para o fundo e acenando. O irmão ficava no raso e nos fazia companhia. Não demorou até que Natália quisesse nadar também e, apesar dos meus protestos, foi mesmo assim. Fiquei sozinha com o esquisitão. Estava preocupada com ela, que não sabia nadar e se afastava cada vez mais. Michel nadava ao redor, dando as instruções. Logo foi minha vez.

"Vem, Malu. Vou te ensinar também", disse Michel.

"Nem pensar. Tô bem aqui", respondi.

"Deixa ela, é uma medrosa", disse Natália, já dando boas braçadas.

"Tá bom", eu disse. "Vamos."

No começo, achei difícil e engoli bastante água, mas depois entendi o que deveria fazer e comecei a nadar melhor do que Natália e quase tão bem quanto Michel. Como ela não conseguia mais nos acompanhar, foi sua vez de ficar no raso tentando conversar com Alan. Eu ainda me esforçava mais do que o necessário e me cansava fácil. Quando paramos um pouco, Michel me perguntou se eu sabia boiar. Eu disse que não.

"Vem cá", ele disse. E me pegou pela cintura. "Você tem que relaxar."

Ele me deitou sobre a água com a barriga pra cima, apoiando minhas costas com as mãos.

"Já posso soltar?", perguntou.

"Ainda não!", gritei.

"Eu não ia mesmo."

Eu estava alegre porque sentia na pele o calor do sol, e a água gelada me dava arrepios. E mais: as mãos de Michel começaram a fazer o meu corpo inteiro formigar. Teria ficado ali para sempre, mas uma onda nos derrubou. Com a ajuda de Michel, nadei de volta para o raso. Já me preparava para ir embora, estava recolhendo minhas coisas, quando soube que havia planos para mais tarde: iríamos em um bloco de carnaval.

Isso era proibido em nossa casa. Nunca havíamos participado de um bloco antes. O Carnaval era para nós uma festa muito confusa. Na televisão parecia animado e colorido, mas na rua era assustador. No meu bairro, os meninos saíam fantasiados com roupas que cobriam todo o corpo, até o rosto. A intenção dos bate-bola era se divertir, mas eles causavam medo. Ou a proposta era mesmo dar medo, mas eles acabavam se divertindo. O caso é que frequentemente terminava em briga e pessoas feridas. Às vezes, tiros e pessoas mortas. Meus tios usavam esse exemplo para nos assustar. *Essa festa é feia. Deus não gosta*, diziam. Mas como eles dormiam cedo, Natália e eu costumávamos nos esgueirar até a sala, onde assistíamos escondidas ao desfile de Carnaval na televisão. Gostávamos de ver as fantasias.

Foi para ver as fantasias que nós chegamos ao Brazuka naquele dia. Os meninos apareceram em seguida. Não conseguíamos parar de rir: os dois estavam vestidos de mulher. Michel usava até batom.

"Cadê a fantasia de vocês?", perguntou Michel.

"Não temos fantasia", eu disse.

"Temos, sim", disse Natália, me empurrando até o banheiro.

Ela trouxe as flores artificiais do vaso de tia Florzinha e um saquinho de purpurina

"Foi só o que pude improvisar", ela disse.

Usamos as flores no cabelo, nos cobrimos de purpurina e seguimos para o bloco. A multidão toda cantava e pulava. Jogávamos confete e serpentina uns nos outros. As pessoas na rua paravam para ver. Essas também jogavam para o alto uma chuva de papel colorido. Perdemos a noção do tempo até que anoiteceu e eu disse que precisávamos ir embora. Estávamos suadas, com confete e purpurina por todo o corpo.

"Vamos tomar um banho de mar", decretou Natália.

Já era noite e a ideia de entrar no mar escuro me preocupou. Alan também não parecia animado, mas logo estávamos em frente à praia. Natália correu em disparada. Estava louca. Pulava na água, gargalhava. Eu travei. Michel correu atrás de mim. Na dúvida do que fazer, continuei correndo. Ele gritou para o irmão me segurar e, juntos, me carregaram para a água. Então o medo passou, pois o mar à noite é quente e quase não há ondas e principalmente porque a lua cheia refletida na água é linda. Estava distraída quando Michel me abraçou. Inclinou-se para me dar um beijo, mas no susto virei o rosto.

"O que foi?", perguntou. "Você não quer?"

Não respondi. Senti novamente o corpo inteiro formigar. Pensei no que dizer.

"É porque ela nunca beijou na boca", gritou Natália.

32

Voltando para casa, não dei uma palavra. Quanto a ela, rapidamente começou a agir como se nada tivesse acontecido e, depois de algum tempo, também eu já não pensava nisso. Quando voltamos para a escola, tudo estava diferente. Luana tinha aparelho nos dentes. Bruna, peitos muito maiores do que os meus, e Elena, que costumava ter uma pele branca e lisinha, agora estava toda vermelha e cheia de espinhas inflamadas. Os hormônios trabalharam intensivamente durante todo o verão. Só Natália que continuava mais ou menos como sempre.

Os meninos fediam. Talvez até Murilo. Alguns apareceram com pelos no rosto. As meninas que costumavam andar sempre juntas de repente tornaram-se inimigas. As mensagens anônimas na porta do banheiro pareciam uma brincadeira antiga. A guerra agora era declarada. As meninas se atracavam com frequência e tinham que ser separadas antes que alguém perdesse os cabelos.

Eu, que tinha passado despercebida todos aqueles anos, de repente me senti como se tivesse dobrado de tamanho. Os meninos me olhavam. Falavam comigo. Ofereciam lanche. Várias vezes se ofereceram para nos acompanhar até nossa casa. Natália gostava. Foi uma das primeiras meninas da turma a fazer amizade com meninos. Todos a queriam por perto, e minha prima soube tirar proveito disso. Apesar de não ser cobiçada como Bruna e eu, Natália era sem dúvida a mais popular entre nós.

Quanto a mim, a timidez continuava me impedindo de falar. As coisas mais simples saíam da minha boca da maneira mais difícil, arrancadas com violência. Porém, pela primeira vez, eu estava gostando de chamar atenção. Senti que Michel me desejava e também o desejei. Aquilo mudou de lugar alguma coisa dentro de mim. Eu me sentia confiante e otimista. Se todos aqueles meninos me achavam tão bonita, por que Murilo não pensaria o mesmo? E mais: ser bonita não é o melhor atributo da conquista? Bruna dizia que nada no mundo era mais importante. Natália e ela viviam discutindo sobre isso. Eu me posicionava ao lado de Natália, mais por fidelidade do que por convicção. Secretamente, concordava com Bruna, mas achava que aquela conversa não tinha para onde ir. Até que Natália apareceu com a ideia infeliz.

"Vamos fazer uma aposta."

"Por mim, pode ser", respondeu Bruna, dando de ombros.

"Vamos tentar conquistar o mesmo menino", explicou Natália. "Você usa a beleza e eu uso a inteligência."

Bruna soltou uma gargalhada.

"Quem beijar primeiro ganha."

"Você nem beijou ainda, Natália. Se enxerga."

"Aceita ou não aceita?"

"Aceito", respondeu Bruna. "Mas tem que ser um menino neutro."

"Concordo", disse Natália. "Um menino neutro: o Murilo."

33

Fiquei arrasada. Admito que eu não esperava que Natália ganhasse a aposta, mas tampouco queria ver Bruna se esfregando no Murilo com aqueles peitões. Como Bruna se aproximaria de Murilo? O que ela ia dizer? Quando iam se beijar? Onde? Como? Eu sabia que era apenas uma questão de tempo. Nenhum menino, nunca, disse não para Bruna. O ciúme se espalhava pelo meu corpo como uma infecção, e piorava a cada dia, até que uma notícia ofuscou a questão: Natália estava entre os 50 jovens escritores selecionados e seu texto ficou entre os dez melhores.

Quando viu a correspondência, Natália deu um grito e saiu correndo pela casa. Depois, foi até a laje, onde o escândalo continuou. Coube a mim explicar à tia Rosana. Ela ficou entusiasmada, mas vi que não compreendia a reação de Natália. Então eu disse que ela receberia um prêmio de mil reais, e minha tia precisou sentar-se. Os adultos compreendem melhor quando usamos números: 80% de chance de cura; dez em Língua Portuguesa; um prêmio de mil reais.

Mas nem os números nos ajudaram a convencer tio Mário. Ele achava que era um golpe. Ligou para o número de telefone que estava no envelope e falou com a Secretaria do Ministério da Educação. Era um concurso legítimo, sim, o dinheiro seria depositado em conta, claro, Natália foi uma das melhores, sem dúvida. E mais: teriam que ir até Brasília participar da solenidade, que contaria inclusive com a presença do presidente.

"Não tô gostando nada disso", disse meu tio, quando desligou. "Preciso pensar, Natália."

Isso foi inesperado. Natália soltou meia dúzia de desaforos e foi para o quarto, de castigo. Estranhei que ela tivesse partido logo para a briga, antes mesmo de tentar convencê-lo com a sua lábia, com as histórias envolventes. Acho que Natália estava em pânico, não tinha forças para ser genial. Pensei em dizer alguma coisa. Eles não sabiam que ela estava há meses aguardando essa resposta. Ignoravam que o texto era realmente muito bom, que eu até me emocionei quando li. Mas as palavras se embolaram dentro de mim e não saiu nada. Fui para o quarto tentar consolá-la.

"Vamos esperar", eu disse. "Ele ainda não disse não."

"O que ele pode fazer? Eu já *ganhei* o concurso. Ele não pode ligar para lá e mandar *cancelar*."

Acho que Natália não entendeu de imediato. Meu tio não tinha como cancelar o concurso. Mas poderia impedi-la de ir receber o prêmio.

Ouvimos meus tios discutindo no quarto. Tia Rosana lutava por Natália. Ela não se julgava grande coisa, mas achava tudo o que a filha fazia muito bonito e especial. Minha prima, na verdade, se parecia bastante com a mãe. Era apenas uma versão melhorada, feita para ir mais longe, como os filhos costumam ser. Natália não dormiu. Da minha cama, eu ouvia os soluços. Seu sofrimento me atingia de um jeito que não consigo explicar. Naquela época, eu não sabia o que significava querer tanto alguma coisa. Eu gostaria de ter minha mãe por perto, mas até esse desejo não tinha muita convicção. Se tivesse que escolher entre ela e meus tios, por exemplo, eu pensaria duas vezes. Natália era diferente. Ela queria aquilo com uma força que eu ainda não compreendia, mas o meu coração, sim. Chorei junto com ela.

Os dias passaram e nada acontecia. Natália estava fraca como um céu nublado. Voltou a ter os mesmos pés arrastados do início do verão. Estava operando com energia mínima e dizia apenas o essencial: bom-dia, boa-noite. Meus tios não tocavam no assunto e ela era esperta o bastante para saber que, se houvesse uma boa notícia, ela seria comunicada. O silêncio não era um bom sinal. Certo dia, Natália atendeu o telefone e não passou para ninguém. Falou ela mesma com a equipe do concurso. Passou seus dados e os dados de tio Mário.

"Eles vão mandar as passagens de avião e também vão pagar o hotel", disse, triunfante. "Meu pai não pode dizer não."

Aos poucos, ganhou cor. Ocupou-se fazendo o vestido para a cerimônia: um vestido lindo, azul muito claro, quase branco, que dançava ao redor dos joelhos de Natália a cada passo que ela dava (ela ensaiou os passos, dava para ver). Meus tios gostaram de vê-la finalmente animada, mas a alegria durou pouco.

"Que linda, minha filha. Que bem-feito", disse tia Rosana. "Onde você vai assim?"

"Na premiação", respondeu Natália, erguendo o nariz empinado.

"Natália, senta aqui", disse meu tio, indicando o lugar no sofá à sua frente.

"O que eu lhe disse sobre esse prêmio?"

"Disse que ia pensar", respondeu Natália, sem a mesma confiança.

"E eu pensei", disse ele.

Prendemos a respiração.

"Estou orgulhoso que você tenha conseguido, filha. Mas não é uma boa hora. Acabamos de pagar o tratamento da sua mãe. Não podemos viajar."

"Mas eles vão pagar tudo!", disse Natália, tentando evitar que uma lágrima lhe escorresse no canto do olho, o que, por fim, acabou acontecendo.

"Vão pagar o hotel, as passagens, mas e o resto? Ainda assim vamos gastar mais do que podemos."

"Usa o dinheiro do prêmio. Eu dou tudo pra você", disse Natália. Ela não ia desistir.

"Nem sei quando eles vão mandar esse dinheiro, Natália. Se é que vão mandar. Não dá pra confiar no governo", disse meu tio. "Não fica triste. Você ganhou o concurso. Isso que importa."

"Você não entende nada!", ela gritou, antes de correr para o quarto e bater a porta num estrondo.

Novamente, não soube o que dizer e segui Natália. Foi a primeira vez que as coisas não saíram conforme o planejado. Eu já conhecia o gosto da frustração, mas Natália, não. Ela não tinha como saber. Tinha motivos para acreditar que a vida sempre lhe daria o que desejava. Bastava um plano e uma boa história. Quando entrei no quarto, ela estava virada para a parede no escuro. Chorava em silêncio. Eu teria feito qualquer coisa para dar a Natália a cerimônia de premiação que ela merecia. No entanto, entrei e saí da sala sem falar nada. Fui tomada por um pensamento repentino, que me encheu de dor. Apesar de dividir a vida com Natália, nunca fiz nada por ela. Desde que nasceu, ela me dava metade de tudo o que tinha: suas coisas, os pais, a casa. Em troca, eu nada tinha para oferecer. Deitei em sua cama e a abracei. Ficamos juntas em silêncio até que pegamos no sono.

34

Mais tarde, descobri que o dinheiro não foi a única razão e talvez nem tenha sido o principal motivo que levou meu tio a recusar a cerimônia. Eles já tinham quitado a dívida com Renata e Afonso, e a loja estava mais uma vez a todo vapor. Segundo minha tia, o problema era a viagem de avião. Assim que descobriu a doença, ela conseguiu ser incluída na lista de pacientes de um tratamento muito moderno em São Paulo. Renata os convenceu a ir de avião. Uma viagem de ônibus seria torturante para a minha tia e, de Parati, nem pensar. Sendo assim, meu tio parcelou as passagens e ambos partiram para vinte dias em São Paulo, deixando-nos sob os cuidados de Mariângela.

O desconforto começou já no aeroporto. Minha tia disse que era tudo muito grande e as pessoas, mal-educadas. O nervosismo cresceu na fila. Meu tio imprimiu as passagens na *lan house* e teve todo o cuidado para não amassar o papel. Chegou a guardá-lo em uma pasta de plástico. Não adiantou. A atendente pediu os documentos e nem pegou a pasta, nem sequer olhou. Depois, pediram as passagens e, como ele já tinha guardado tudo na bolsa, teve que abrir de novo para pegar. Na esteira de raio X, tiveram que voltar duas vezes. Tia Rosana tirou os brincos, o cinto e depois os sapatos. Foi revistada como os policiais fazem com bandidos. Sentiu vergonha de ficar descalça na frente dos outros porque não tinha pintado as unhas dos pés, ela disse.

Mas isso tudo foi apenas um mau presságio. O verdadeiro horror os atingiu quase no fim do voo. Um temporal caía em São Paulo, e o avião não parava de chacoalhar. Era incompreensível para os dois, mas todos os passageiros pareciam calmos. Eles não se importavam de morrer? O assento de tio Mário ficava na janela, e ele tentava não olhar para fora, mas um estrondo fez todos pularem da cadeira. Minha tia contou que foi ainda mais alto do que quando a caixa de luz do nosso poste explodiu. Um raio tinha atingido a asa. Meu tio viu o clarão, uma bola de fogo enorme e certamente fatal. A aeronave era resistente o suficiente para não ser afetada por raios, mas eles não sabiam disso. Na certeza de que morreriam, meus tios deram as mãos e oraram baixinho por mim e por Natália.

"Entende, Malu?", disse minha tia. "Aquele homem nunca mais vai subir num avião."

Natália não entendia e nem poderia porque eu soube dessa história muito tempo depois. Meu tio, que sofria com o remorso ao ver a filha cada dia mais desanimada, disse que ela ficaria com todo o dinheiro do prêmio. Ela poderia gastar como quisesse. Natália não respondeu. Passou algumas semanas sem falar com ele e também destinava poucas palavras a minha tia.

"Se ele me deixou ficar com tudo é porque não tá sem dinheiro. Era só conversa fiada", ela me disse.

"Não sabemos se tem dinheiro", respondi. "Você ouviu ele dizendo que não podemos confiar no governo."

Eu não entendia nada de política, mas se havia uma coisa que todos concordavam é que o governo costumava roubar dinheiro. A cerimônia aconteceu, embora não tenhamos participado. E, no dia seguinte, foi meu aniversário de 13 anos. Ganhei uma cachorrinha, o que devolveu a Natália um pouco de alegria. Chamou-a de Estrela.

Estrela era uma filhote de vira-lata. Seu pelo tinha cor de café com leite, quando se bota mais leite do que café. Ela ainda não sabia passear na rua usando a coleira, de maneira que a segurávamos no colo e a levávamos para todo canto.

Estrela era encantadora, mas não foi o meu presente mais especial.

Meu presente mais especial foi o que eu encontrei na manhã do meu aniversário: um pequeno vaso de violeta na mesa da cozinha.

Estava embrulhado em papel celofane roxo e lilás. Junto, havia um cartão, escrito a mão.

Querida Malu,

Felis Aniversário.

Vose da muinta alegria para seus tios.

Amamos vose.

Tia Rosana e Tio Mário

Ela chegou e colocou a chaleira no fogo para fazer café.

"Desculpa pelo cartão, minha querida", disse. "Sua tia não sabe escrever direito."

Senti vontade de chorar. Queria dizer a minha tia que eu não me importava com o jeito como ela escrevia. Tive vontade de dizer muitas coisas.

"Obrigada", disse.

35

A mãe de Bruna mais uma vez serviu para colocar nossa vida em melhor perspectiva. Desta vez, quem fez uso de Maria Louca foi Natália, que parou de se lamentar sobre a premiação depois do que nossa amiga contou. Bruna chegou em casa e encontrou tudo revirado. As roupas foram jogadas para fora do armário, os pacotes de comida espalhados pelo chão da cozinha e os móveis derrubados. Pensou que a casa tinha sido invadida por um ladrão, pois a televisão não estava lá. Ela foi a primeira a chegar. A avó trabalhava como diarista e chegava tarde e a mãe vivia sabe-se lá onde. Com o passar dos dias, a mãe de Bruna não voltou para casa, e a situação era óbvia. Não foram visitadas por um bandido. Foi ela mesma quem levou a televisão.

Resolvemos visitar Bruna. Sabíamos que onde ela morava as ruas não eram asfaltadas porque, sempre que chovia, chegava à escola com lama no tênis e na calça. Mesmo assim, a pobreza de Bruna nos pegou de surpresa. A casa poderia ser levada com facilidade pela chuva ou pelo vento. Era minúscula (tinha dois cômodos apenas, separados por cortinas), mas perfeitamente limpa e muito bem arrumadinha.

A avó de Bruna nos esperava com um bolinho frito, gostoso, feito com tapioca, coco, açúcar e canela. Ela era uma senhora que falava alto, bastante risonha. Disse que vinha da Bahia, e tio Mário contou que nasceu em Alagoas. Falaram sobre como o Nordeste era bom. Meu tio adorava bater papo, fazia amizade com qualquer pessoa com quem pudesse passar alguns minutos. Depois, ela nos levou para o terreno atrás da casa.

Disse que era fresco e bom para brincar. Apontava cada árvore: ali tem uma mangueira, duas pitangueiras, um pé de urucum, dois limoeiros, um pé de carambola e ali um pé de seriguela. Natália colheu pitangas e me passou algumas. A avó de Bruna falou do trabalho que tinha para varrer as folhas, mas que a sombra era uma maravilha. O pé de seriguela estava carregado, tinha acabado de separar as melhores e deu uma sacola cheia para meu tio levar. Algumas galinhas ciscavam perto de nós. Tio Mário comentou que gostaria de criar algumas em nossa casa. Elogiou o terreno, as árvores, agradeceu as frutas e foi embora, disse que voltaria para nos buscar no fim do dia. Natália divertiu-se atazanando as galinhas. Todas tinham nome: Lelé, Zezé, Juju, Franscisca e Branquinha. Uma delas, acho que Juju, havia acabado de chocar os ovos e alguns filhotes começaram a bicar naquela manhã.

"Estão nascendo?", perguntei.

"Sim, acho que o primeiro vai nascer hoje", disse Bruna.

Acompanhamos seu nascimento naquela tarde. Ele se mexia com dificuldade.

"Você não pode puxar ele lá de dentro?", perguntei.

"Claro que não. Ele tem que nascer sozinho."

Devagarinho, com um esforço comovente, pouco a pouco, o pintinho livrou-se de todos aqueles pedacinhos de casca e nasceu.

"Você quer ficar com ele?", perguntou Bruna.

"Eu?"

"Sim. Você pode ficar com ele, se quiser."

"Eu quero", disse. Eu queria muito.

"Vou entrar para pegar uma caixinha de sapato para ele."

Quando entramos em casa, um canto do cômodo me chamou a atenção. Tinha uma estátua de São Jorge, um vaso com flores e velas vermelhas. Vi também um prato de comida, que me pareceu ser feijoada, e uma lata de cerveja aberta. Achei que era um lugar bem estranho para fazer as refeições, mas não disse nada. Quando Bruna me entregou o pintinho acomodado dentro da caixa de sapato, eu não tinha olhos para mais nada. Natália, por outro lado, observava atenta todos os detalhes da casa e notou a ausência da televisão.

"Vocês não compraram outra?", perguntou Natália.

"Minha avó não tem dinheiro."

Natália começou a contar do seu título de jovem escritora, disse que era um prêmio muito importante entregue em mãos pelo próprio presidente. Além disso, receberia uma grande quantia em dinheiro. Estranhei que Natália estivesse se exibindo daquela forma, mas então ela disse o seguinte:

"Vou comprar uma TV para você."

36

"De jeito nenhum", disse minha tia. "Você não pode comprar uma TV para a sua amiga."

"Por que não?"

"Diz pra ela, Mário."

Natália deve ter percebido nele um leve traço de insegurança, uma ruga na testa ou um tremor na sobrancelha e decidiu que ali havia espaço para atuar.

"Pai, você me disse que eu podia gastar no que eu *quisesse*."

"Uma TV é muito cara, Natália", disse meu tio.

"Mais de mil reais?"

"Não, mas você vai acabar gastando todo o seu dinheiro."

"O que o seu pai quis dizer", interveio tia Rosana, "é que você pode gastar como quiser, desde que seja com você."

"Isso não faz sentido. Eu não preciso de nada e a Bruna precisa."

"Elas são realmente pobres", disse tio Mário.

"Vocês só podem estar de brincadeira."

Mas é claro que minha tia estava errada. Natália não estava brincando. Já tinha pesquisado o modelo e a loja. Perguntava todos os dias se o dinheiro tinha chegado. Tio Mário a preveniu: talvez não chegasse nunca. Natália então começou a ligar todos os dias para a Secretaria do Ministério da Educação. Sua determinação sensibilizou tia Rosana, que concordou com a compra da televisão, desde que realmente depositassem o valor do prêmio, o que acabou acontecendo.

A avó de Bruna fez grande cena. Disse que não poderia aceitar, de jeito nenhum. Ria e chorava. Quanto a Bruna, eu não saberia dizer se estava emocionada ou constrangida, provavelmente emocionada e constrangida. Mas seria uma desfeita fazer meus tios voltarem para casa com a televisão, e a avó de Bruna aceitou o presente. Tio Mário a instalou no cômodo que era ao mesmo tempo a sala e a cozinha e ficamos para o café. Natália perguntou se tinha aqueles bolinhos. A mulher riu e disse claro que sim. Depois desse dia, Bruna começou a levar esses bolinhos para a escola de vez em quando e os dividia com a gente. Eu tinha certeza de que era a avó que mandava para agradar Natália. Certa vez, Bruna nos deu um colar de contas. O meu era azul e branco e o de Natália, amarelo.

"É uma guia", ela disse.

"O que é uma guia?", perguntei.

"Uma coisa que você usa para dar proteção", explicou. "Minha avó mandou para vocês, ela disse que você é filha de Iemanjá e Natália é filha de Oxum."

Nunca me esqueço disso.

Naquela época estávamos unidas, toda a turma estava. Murilo nos aproximou depois que apareceu na escola com um cachorro de rua. Era um filhote muito pequeno. Estava escondido na mochila de Murilo, onde permaneceu durante toda a aula. Não sei como passou despercebido. Acho que a bagunça da turma contribuiu e também o fato de que, sempre que ele começava a chorar, Murilo colocava a mão dentro da mochila e fazia carinho no cão.

Aquele era para mim o retrato mais perfeito do amor. O Deus que eu acreditava era assim, a mão invisível sempre presente. Nosso novo professor de Ciências pensava diferente. Ele dizia que o universo era um grande caos e que seria bom se aprendêssemos a cuidar de nós mesmos. Eu gostava do professor Alfredo. Ao contrário da professora Irene, ele me deixava fazer perguntas e explicava tudo o que eu queria saber. Quando percebeu meu interesse por Ciências, começou a me trazer livros da universidade. Livros grossos, diferentes dos que eu costumava pegar na biblioteca da escola.

Quanto ao cachorrinho, precisávamos de um nome. Fizemos uma votação entre Estalinho, Bingo e Moleque. Bingo venceu, com dez votos de vantagem. No dia seguinte, Murilo voltou a trazer Bingo para a escola. A mãe dele não gostava de cachorro, disse. Não teve jeito de convencê-la. Ele perguntou, triste, se alguém queria ficar com Bingo. Ninguém se prontificou. Os pais também não gostavam ou já tinham cachorros demais.

"Eu fico", disse Natália.

Foi com esta mesma impulsividade que Natália decidiu dar o pintinho que ganhei de Bruna para uma menina pobre que esteve em nossa casa. Eu nem queria imaginar qual seria o destino de Bingo na mão dela. De todo modo, não ficou com ele por muito tempo – também tivemos que levar Bingo de volta. Meus tios não queriam mais um cachorro em casa porque Estrela já fazia muita bagunça e não estávamos cumprindo nossa parte no acordo de limpar a sujeira. Depois da aula, a turma se reuniu para procurar um terreno baldio que parecesse seguro para nosso filhote. Deixamos Bingo na parte cercada do terrenão, de onde ele não conseguiria fugir, até encontrarmos um novo dono para ele.

Aproveitei a oportunidade para me aproximar de Murilo. Eu falava de Estrela e de como era impossível dar banho nela sem me molhar e contava outras coisas que ela aprontava, como correr atrás do carteiro e comer minhas meias. Estrela crescia rápido. Achamos que era um cachorro pequeno, mas ela já dava sinais de que seria um monstro. Murilo se mostrava sempre entusiasmado e me falava tudo o que sabia sobre cachorros. Em breve, porém, passamos a evitar esse único assunto em comum depois do que aconteceu com Bingo. Certo dia, no fim da aula, encontramos o seu pequeno corpinho canino espatifado no meio da rua. Foi atropelado.

Fiquei pensando que tragédias como aquela aconteciam quando Deus se distraía, ou estava ocupado com coisas mais importantes, como Murilo estava ocupado com as duas provas que tivemos naquele dia. Recolhemos o cadáver de Bingo e o colocamos na caixa de sapato doada por uma vizinha da escola. Foi enterrado no terrenão.

37

O professor Alfredo começou a me trazer livros cada vez mais difíceis. Quando os devolvia antes do prazo, ele me elogiava. Certo dia, me perguntou o que eu queria estudar na universidade. Não respondi.

"Você vai entrar na universidade, certo?"

"Claro."

"Então seria bom começar a pensar nisso."

"O que eu preciso fazer para entrar na universidade?"

"Bom, primeiro você precisa estudar muito porque só quem tira as melhores notas entra na universidade."

"Vou estudar muito", eu disse.

"Promete?"

"Prometo."

"Ok. Aqui está o livro desta semana."

O livro era *Uma breve história do tempo*, de Stephen Hawking. De breve só tinha o nome, as letras eram miudinhas e eu não estava entendendo quase nada. Comecei a pensar que professor Alfredo estava exagerando e que eu não teria condições de entrar na universidade.

Isso mudou quando Marília, a filha de Mariângela e Valdir, surgiu certo dia dizendo que estava estudando Direito.

"O que você quer estudar na universidade?" perguntei a Natália.

Ela já vinha pensando nisso porque me respondeu de imediato: Jornalismo.

Naqueles dias, fazíamos planos a caminho da escola. Na volta, costumávamos parar no mercadinho para comprar chocolates na conta de minha tia. Certo dia, passando no caixa, encontramos Marília. Era apenas alguns anos mais velha, mas agora nos parecia muito mais.

"Como está a universidade?", perguntou Natália.

"Não estou mais indo pra universidade", respondeu.

"Mas por quê?"

"Não tenho como pagar."

Quando Marília nos contou os detalhes, Natália e eu nos deparamos com a realidade: é dura e fria como uma porta fechada, que você só enxerga quando bate com a cara no vidro. Quem já passou por isso sabe que dói. Quando tive oportunidade, contei o caso de Marília para o professor Alfredo.

"Foi por isso que combinamos que você vai estudar muito", disse ele.

"Mas os meus tios não têm dinheiro para pagar a universidade."

"Você vai estudar na pública."

"Mas minha tia disse que a pública é pra gente rica."

Ele começou a mexer nas suas coisas, deixou a tampa da caneta cair. O que ele me disse a seguir foi a contragosto:

"Às vezes, sim. Mas você também consegue. Ou tenta uma bolsa de estudos."

"Vou estudar muito."

"Sim. Você tem que estudar duas vezes mais do que os outros."

"Vou fazer Medicina."

"Então estude quatro vezes mais."

38

O que antes fazíamos como uma brincadeira se tornou uma obsessão. Quando não estávamos metidas em livros, nos revezávamos no computador fazendo todo tipo de pesquisa. Natália também vivia grudada no caderno dela, escrevendo suas histórias. Eu aproveitava esses momentos para ficar com Estrela. Sempre que Natália estava estudando, eu me via obrigada a estudar também. Não queria que pensasse que eu era preguiçosa ou que estava menos determinada do que ela. Estrela virou minha confidente. Ao contrário de Natália, que argumentava e vencia qualquer discussão, Estrela era burra como uma porta e só fazia ficar me olhando com a boca aberta. Com ela, eu me sentia livre para falar sobre meus assuntos.

"Hoje ele contou uma piada muito engraçada", eu dizia.

A cachorra me olhava.

"Você quer que eu te conte? Eu não me lembro mais."

A cachorra babava.

"Você acha que ele gosta de mim?"

A cachorra lambia a própria vulva.

"Você não sabe de nada. Você é uma cachorra burra. Para com isso."

Minha relação com Murilo continuava um fracasso. Quando não me ocorria um assunto, eu falava qualquer coisa, pedia um lápis emprestado, parecia uma boba. Quando conseguia pensar em algo inteligente, me faltava coragem e não dizia nada. Desde o acontecimento com Bingo, não tínhamos um verdadeiro diálogo e foi necessária outra tragédia para voltarmos a conversar. Estávamos a caminho da escola quando Natália reparou a muvuca na rua. Chegamos a tempo de ver a maca sendo carregada para dentro de um furgão. Não conseguimos ver quem era porque estava coberta com uma lona preta. Só depois descobrimos o que isso significava.

Tínhamos de andar logo porque nossa aula começava às 7 horas e já eram 6h55. Sei disso porque tinha acabado de ganhar um relógio e achava importante checar as horas o tempo inteiro. Portanto, eram 6h55 e tivemos que correr para a escola, antes mesmo de entender o que havia acontecido naquela casa, onde semanas antes uma mulher simpatica tinha nos dado uma caixa de papelão para sepultar Bingo. Nós a conhecíamos de vista. Às vezes, eu a via varrendo a calçada ou apoiada no muro, como quem assiste ao movimento da rua. Murilo disse que a encontrou morta na porta de casa. Foi assassinada pelo marido.

"Como assim, assassinada?", Natália perguntou.

"O cara chegou em casa bêbado e encheu a mulher de facadas."

"Como você sabe?", desconfiou Natália.

"Os vizinhos ouviram tudo. Vai lá perguntar pra eles se você não acredita", disse Murilo. "Eu mesmo vi ela deitada no chão, toda cheia de sangue."

Aquilo nos perturbou. Não dormi por vários dias. Natália fez o que Murilo sugeriu e conversou com os vizinhos. Descobrimos que o nome dela era Nadir. O marido era violento e fazia barraco sempre que chegava em casa bêbado. Nadir não falava sobre isso, mas sabia-se que andava apanhando. Os vizinhos já tinham chamado a polícia duas ou três vezes, mas ele acabava solto. Desta vez, estava foragido. Começou a correr o boato de que a casa estava mal-assombrada. Quando passávamos em frente à garagem, eu tentava não olhar, mas olhava. Tinha a impressão de que ainda conseguia ver as marcas de sangue no chão.

Enquanto Natália se envolvia cada vez mais, eu tentava não pensar nessa história. Desde que vimos o corpo de Nadir sendo carregado sob a lona preta, uma ideia estava criando ninho na minha cabeça. Várias vezes ao dia, e quando eu menos esperava, ela me feria com seu bico duro e fino: *Pode acontecer a mesma coisa com a sua mãe.*

39

Vivi em sofrimento por vários meses com a ideia de que minha mãe pudesse ser assassinada. Decidi que precisava ligar para ela. O contato estava na agenda da minha tia, que ficava ao lado do telefone. Nada me impedia de fazer o que eu queria: discar o número e dizer alô. Isso não significa que foi fácil. Toda vez que apertava a primeira tecla, desistia.

Até que um dia, deixei tocar quatro vezes. Na ligação seguinte, esperei que atendesse. Ouvi sua voz, entrei em pânico e desliguei. Fiz isso mais algumas vezes até que finalmente criei coragem e segui o plano até o fim. Respondi com o coração na boca:

"Oi, mãe", eu disse.

Silêncio.

"Alô?"

Minha mãe demorou para responder. Quando começou a falar, ela não parecia feliz em me ouvir e sim, preocupada.

"Aconteceu alguma coisa, Maria Laura?"

"Não. Nada. Tudo normal. E com você?"

"Tudo bem."

Silêncio.

"E seus tios?"

"Tudo bem."

Silêncio.

"Liguei só para saber se está tudo bem. Tenho que estudar. Beijos. Tchau."

Desliguei. Estava morrendo de vergonha. Depois, relembrei o diálogo e fiquei ainda mais constrangida. Ligaria no dia seguinte e tentaria parecer uma pessoa normal. Foi quando a conversa fluiu.

"Oi, mãe."

"Oi, querida."

"Como estão as coisas?"

"Tudo bem. Sua irmã já fala o seu nome, você quer ouvir?"

"Quero."

"Vem cá, Larissa. Fala com a sua irmãzinha."

"Malala!"

Achei engraçado.

"Malala!"

"Viu, só, filha? Ela lembra de você."

"Quantos anos ela tem?"

"Tá com quase três. E você? Já deve estar uma mocinha."

"Sim. Menstruei ano passado."

Nem acreditei no que tinha acabado de dizer.

"Jura? Ai, meu Deus! Como o tempo passa! E a escola? Tá indo bem?"

"Sim."

"Que bom. Seus tios falam que você é muito estudiosa."

"Você tá bem?", perguntei, de repente.

"Como disse?"

"Você tá bem?", repeti.

"Estou", ela respondeu. E começou a chorar. "Estou feliz que tenha ligado."

Depois disso, passei a ligar todos os dias. Naquele período, me senti feliz. Eu não sabia o quanto queria uma mãe até que me ouvi repetidas vezes dizendo: *Oi, mãe. Tchau, mãe. Claro, mãe. Ai, mãe! Mãe. Mãe. Mãe.* Essa palavra atravessou a linha telefônica e me atravessou também. Eu mudei. Estava mais leve, como se finalmente pudesse andar descalça depois de me livrar de sapatos que me apertavam.

Quando chegou o aniversário de 13 anos de Natália, fizemos uma festinha e chamamos Bruna e alguns amigos da rua. Depois de devorar os brigadeiros e salgadinhos, mostramos que Estrela sabia brincar de pular corda. Enquanto eu agitava a corda de um lado, ela segurava a outra ponta com a boca e Natália pulava. Marília correu para pegar a câmera, disse que colocaria o vídeo na internet. Dias depois, ela nos contou que o vídeo estava com mais de mil visualizações. Estrela era uma pequena celebridade.

Natália disse que faria uma demonstração no fim de semana. A turma inteira apareceu lá em casa, até Murilo. Quando penso nessa tarde, sinto uma alegria triste, como experimentamos no fim de uma boa festa. A vista do bairro no alto de nossa ladeira era toda alaranjada, por causa do pôr do sol e das telhas e tijolos. Umas 40 crianças, talvez mais, amontoavam-se para ver Estrela. Éramos barulhentos e alegres. Mais uma vez reunidos em torno de um cachorro.

Naquele dia, Bruna nos contou que começaria a trabalhar no mercadinho da nossa rua durante a tarde, depois da escola. De início, parecia uma boa ideia e comemoramos. Nós a teríamos sempre por perto agora. Mas depois mudamos de ideia, e o trabalho de Bruna nos pareceu uma ideia terrível. Ela começou a dormir nas aulas e suas notas despencaram.

"Você tem que parar de trabalhar", disse Natália.

"Não posso. Minha avó não anda bem. Foi demitida em duas casas porque não limpa mais como antes."

"Mas se continuar assim você vai reprovar."

"Não me importo."

"Mas por quê?"

"Porque eu não aguento mais comer ovo."

Bruna de fato foi reprovada. Não veio mais à nossa casa. Às vezes, encontrávamos com ela no mercadinho, mas paramos de ir quando percebemos que nossa presença atrapalhava. Além disso, depois que ela nos falou aquilo sobre o ovo, tivemos vergonha de comprar todo dia um chocolate diferente e aos poucos abandonamos o hábito de parar no mercadinho.

40

Outro acontecimento marcou aquele final de ano: Marília, a nossa vizinha que entrou na faculdade de Direito só para ter que sair seis meses depois, estava grávida. Tinha dezessete anos na época e, que eu saiba, namorava há pouco tempo. Eu os via às vezes se agarrando dentro do carro. Ele mergulhava tão fundo em sua boca que me parecia ter perdido alguma coisa lá dentro.

"Parece um bom rapaz. Filho do dono do posto de gasolina", disse minha tia.

Tio Mário sabia de quem se tratava. Ele conhecia todo o bairro.

"A família é muito boa. Marília tirou a sorte grande", disse meu tio.

"Claro que poderia ter esperado um pouquinho", comentou tia Rosana. "Mas o que não tem remédio remediado está. Mariângela já me encomendou o vestido."

Nada animava mais a vida da nossa família do que uma festa de casamento. Primeiro porque era um evento lucrativo. Não apenas a noiva, como a mãe da noiva, a sogra da noiva e as madrinhas da noiva queriam fazer seus vestidos na loja da minha tia. Mesmo quando não tinham dinheiro, era lá que alugavam suas roupas. E segundo porque minha tia frequentemente era convidada para a festa. Todo mês havia um casamento. Em maio, poderia ter quatro.

O casamento de Marília foi organizado depressa. No início de dezembro, ela já estava entrando na Paróquia Nossa Senhora da Conceição de mãos dadas com Valdir. Eu já tinha visto o vestido de

Marília muitas vezes, mas nunca tão bonito como naquele dia. Era todo de renda, com mangas longas e uma ampla saia que terminava em uma pequena cauda. Tia Rosana disse que quase ofereceu o vestido de presente, mas por sorte ficou de boca fechada. Teria ido à falência. Com toda aquela renda, foi o modelo mais caro já feito na loja. A festa foi chique. Eu comia tudo o que me ofereciam, mas meu tio estava no limite da paciência. Quando passou um canapé de queijo com geleia de damasco, ele cuspiu tudo no guardanapo.

"Não me faz passar vergonha, Mário", disse minha tia.

"Você viu aquilo? Era doce com salgado", disse meu tio. "Vou deixar para comer em casa."

Natália e eu enchemos nossa bolsa de docinhos. Pegamos tanto que eles duraram duas semanas na geladeira. Depois da festa, os noivos viajaram para Buenos Aires na lua de mel. Marília foi a primeira pessoa que nós conhecemos que saiu do Brasil. Nem Marcela tinha ido tão longe.

"Onde fica mesmo o lugar para onde Marília viajou?", perguntou minha tia.

Natália mostrou a localização no mapa.

"Ela foi para Buenos Aires, que é a capital da Argentina."

Na época, costumávamos ficar na cama da tia Rosana depois de lavar a louça do almoço. Era o lugar mais arejado da casa. A janela tinha uma cortina leve de algodão que balançava com a brisa. Eu me lembro de quando ela mesma costurou essa cortina. Era branca com florezinhas cor de pêssego, assim como a parede do quarto era cor de pêssego e também a colcha de chenile que cobria a cama. Tudo precisava combinar em nossa casa.

Às vezes, Natália levava um livro. Naquele dia, estava com um guia turístico sobre a Argentina. As mulheres usavam vestidos justíssimos, os homens colocavam o chapéu de lado, ambos gostavam de entrelaçar as pernas. Tudo parecia elegante e diferente. Tia Rosana gostou dos longos casacos de frio.

"Será que ela vai ver neve? Eu sempre quis ver neve", disse tia Rosana.

"Acho que não. Lá também é verão igual aqui", respondeu Natália. "Mas eu bem que gostaria de usar um casaco desses."

"Vamos fazer um assim", disse minha tia.

Apenas recentemente eu havia me dado conta do quanto tia Rosana era jovem. Tinha pouco mais de trinta anos. Sua pele era lisa, apenas começando a fazer vincos, um em cada canto da boca. Dentes branquíssimos. Nenhum fio de cabelo branco. Tinha coxas grossas e pernas bem feitas. E agora estava mais moderna, comprava roupas no *shopping*. Minha tia era tão bonita quanto minha mãe.

Naquelas tardes, Natália e eu deitávamos ao lado dela, uma de cada lado, assim como ela e minha mãe deitavam ao lado de minha avó. Natália aproveitava aqueles momentos para tentar descobrir a história da família, mas o tempo inteiro esbarrava em lacunas. *Quem foi nosso avô? Porteiro. De onde ele veio? Nordeste. Quem era seu pai e sua mãe? Não sei. O que faziam? Trabalhavam na roça. E nossa avó? Teve uma vida difícil. E nossa bisavó? Não sei. E nossa tataravó? Também não sei.* A história da nossa família era um porta-retratos vazio. *Por que não temos fotos de ninguém? Não sei.* Mais tarde descobrimos que nem o nosso sobrenome era verdadeiramente nosso.

"Os negros que desembarcaram no Brasil perderam nome e sobrenome", contou Natália.

"E eram chamados como?", perguntou tia Rosana.

"Pelo nome do dono."

Nesse dia ninguém falou mais nada.

Às vezes, Natália tinha sucesso e conseguia extrair de tia Rosana uma lembrança. Por exemplo: que elas passaram fome no ano em que nosso avô morreu. Quando acabava a cesta básica que tia Florzinha levava todo mês, minha avó fazia sopa de cascas de legumes. E, quando acabavam as cascas de legumes, elas comiam os restos da feira. Foi nessa época que minha tia saiu da escola. Ainda estava na 5ª série. Diante do nosso olhar assustado, respondeu:

"Vocês acham ruim? Quando Mário era criança no Nordeste, ele não tinha nem água pra tomar."

"Por quê?", perguntava Natália.

"Porque a vida é difícil."

41

Muitas vezes encontrávamos Bruna se matando de trabalhar no mercadinho. Nessas ocasiões, voltávamos em silêncio para casa e, sem combinar, abríamos os livros para estudar. Começamos a compreender
que nosso esforço não era apenas para entrar na universidade, estávamos tentando mudar de vida. Estudar não era fácil. Nosso bairro era
quente e barulhento. Quando a música de um vizinho incomodava,
outro colocava seu aparelho de som em volume ainda maior. *Funk*,
samba, pagode, forró e música *gospel*, normalmente juntos, formavam
nossa trilha sonora diária. Brigas também faziam parte do repertório.
Mariângela e Valdir, por exemplo, viviam discutindo. Foi ela quem
aprimorou nosso vocabulário de palavrões. Tínhamos que memorizar
os verbos enquanto nossa vizinha gritava que ia enfiar um engradado
inteiro no rabo do marido. *Eu enfiarei, tu enfiarás, ela enfiará.*

Silêncio era um luxo desconhecido, assim como a solidão. Eu
nunca estava sozinha, pois dividia o quarto com Natália, e mesmo nós
duas éramos o tempo inteiro interrompidas pelos motivos mais bobos.
Todos os pequenos trabalhos da casa eram de nossa responsabilidade:
atender o telefone, atender a porta, ir ao mercadinho, pegar isso, pegar
aquilo. Muitas vezes meu tio apagava a luz do quarto e nos mandava
dormir quando passava das 10 horas.

"Ler no escuro vai estragar a vista", ele dizia.

Eu obedecia e tentava dormir, mas sei que Natália se levantava
da cama e continuava a leitura trancada no banheiro até tarde da noite.

A confusão do subúrbio e as interrupções domésticas acabaram por se tornar ótimos exercícios de atenção. Aprendemos a nos concentrar em qualquer lugar, em qualquer circunstância.

Em uma de nossas conversas depois do almoço, Natália perguntou se minha tia não gostaria de fazer faculdade de Moda. Ela ficou sem jeito.

"Eu? Nossa, eu adoraria", disse tia Rosana.

"Então eu te ajudo a estudar. Vamos fazer o vestibular juntas!", respondeu Natália, empolgada.

"Tenho que terminar a escola primeiro", disse minha tia.

"Você pode terminar. Depois você faz o vestibular e daí também pode..."

"Calma lá, mocinha", interrompeu tia Rosana. "Primeiro vamos resolver a vida de vocês, depois eu penso nisso."

"Nós vamos passar na universidade pública", disse Natália. Não parecia uma menina. Falava com a segurança de mil mulheres.

"Eu sei que vão. Mas precisamos estar preparadas para tudo", disse minha tia. "Se precisarem estudar na particular, vamos dar um jeito também."

"Jura?", eu disse, quase gritando.

"Claro. Continuem fazendo a parte de vocês, que do resto a gente cuida."

"Se nós passarmos na pública, você promete que vai entrar na faculdade depois?", perguntou Natália.

"Depois de vocês, sim."

Natália deu um beijo na mãe. Naquele momento não tive dúvidas de que seria assim.

42

Perto do Natal visitamos Bruna. Ela e a avó estavam sentadas em cadeiras de plástico na calçada. É assim em todas as casas. No fim do dia, as cadeiras juntam-se em grupos de três ou quatro, às vezes mais. É possível encontrar fileiras de até dez pessoas conversando sobre as coisas da vida, e da vida de outras pessoas também.

Naquele dia, Bruna estava com uma sacola de mercado bem amarrada na cabeça, pois era sábado, dia de fazer banho de creme no cabelo. Quando nos viu, entrou em casa para pegar mais uma cadeira. Isso também é comum: ninguém acha necessário avisar quando vai fazer uma visita. Basta aparecer.

Um pisca-pisca contornava a janela e iluminava os rostos de azul, verde, amarelo e vermelho. Ao lado da porta, vi uma pequena árvore toda enfeitada com bolas de uma cor só, ao contrário do nosso pinheiro de Natal, que era todo colorido. Quando cheguei perto, percebi que eram cascas de ovo vazias, uma em cada ponta do galho. *Porque eu não aguento mais comer ovo*. Essa frase de Bruna grudou em mim como uma mancha indesejável. Sempre que eu olhasse, estaria lá.

Bruna trouxe uma cadeira para minha tia, cedeu seu lugar para meu tio e sentou-se no meio-fio, ao nosso lado. A grande senhora risonha, até hoje não sei seu nome, dominava a conversa com sua tagarelice. Durante esses encontros, nunca se fala dos problemas. Pelo contrário, as pessoas contam piadas, riem de si mesmas e dos outros.

É como se combinassem: que bom que estamos aqui, vamos esquecer por um momento que a vida é difícil.

Já estávamos nos despedindo quando vi Maria Louca. Quase não a reconheci. Não parecia nem um pouco com a Louca da qual eu me lembrava. Agora era só Maria. Vinha andando pela rua com um ar bastante digno, sem cambalear, o cabelo muito bem penteado em um coque. Usava roupas limpas e cheirava a perfume.

"Esta é a minha filha, Maria. Esses são os pais das amiguinhas de Bruna, seu Mario e dona Rosana", disse a senhora.

"Oi, tudo bem?", disse Maria. Em seguida, dirigiu-se a nós: "E, vocês? Como se chamam?"

Eu estava em choque. Não conseguia responder. Pensava nela tirando a blusa e sacudindo os peitos na frente da escola.

"Eu sou Natália e ela é Laurinha."

"Ah, então você é a famosa Natália!"

Mais tarde, tia Rosana a encontrou trabalhando no salão de beleza da rua. Primeiro, na limpeza, depois, lavava o cabelo das clientes e logo já estava cortando e fazendo escova.

Naquela época, também visitamos a casa nova de Marília. Ela e o marido compraram um apartamento na Barra da Tijuca e se mudaram logo depois da lua de mel. A casa de Marília era em tudo diferente da nossa. Primeiro porque era um apartamento muito pequeno dentro de um condomínio imenso, o que me pareceu um desperdício de espaço. Também porque era tudo branco: chão, parede, móveis e cortinas. No sofá, havia almofadas vermelhas e pretas e um quadro de formas geométricas. Disseram que era fino. Só achei feio e sem graça. Havia uma parede na sala que ela encheu de fotos do casamento e da viagem. Nenhuma foto da infância, nem do bairro, era como se Marília tivesse nascido ali. Inclusive agora ela usava um novo nome. Não era mais Marília Souza, era Marília Lacerda.

Serviram petiscos: azeitonas, torradas e pastinhas. Fiquei esperando o queijo com geleia de damasco porque queria ver a cara do meu tio, e acho que ele temia o mesmo, pois olhava desconfiado para tudo que tinha na mesa. Para sorte dele, nada de queijo com geleia

112

de damasco. Porém, ainda era cedo para respirar aliviado. Marília nos serviu medalhão de *mignon*, e até aí tudo bem, mas por cima havia um creme branco de gosto muito amargo: molho gorgonzola. O nome combinava com o gosto. Era horrível.

Os adultos, coitados, sentaram-se à mesa de jantar. As seis cadeiras estavam ocupadas por Marília, o marido, Mariângela, Valdir, tio Mário e tia Rosana. Para Natália e eu improvisaram uma pequena mesa na sala de estar, de forma que foi relativamente fácil nos livrarmos da comida: enrolamos o *mignon* com molho gorgonzola nos guardanapos, enfiamos nos bolsos e os atiramos da sacada.

Lá fora, a vista era incrível. As luzes de todos aqueles apartamentos piscavam como a maior árvore de Natal do mundo. Marília disse que durante o dia dava para ver o mar. Combinamos de voltar para pegar uma praia com ela, o que nunca aconteceu.

43

Quando o filho solteirão de tia Florzinha finalmente se casou, ele nos convidou para passar o *Réveillon* na casa dele em Copacabana. Tia Rosana não queria saber do assunto, mas a mera possibilidade de ver os fogos incendiou o coração de Natália. Havíamos sempre passado a noite de 31 de dezembro na igreja. O culto começava por volta das 22 horas e continuava até pouco depois da meia-noite. No minuto seguinte às 23h59, enquanto o céu do Rio explodia em fogos de artifício, nós apenas ouvíamos o barulho. Estávamos sempre de olhos fechados.

"Não tem nada de errado em ver os fogos na praia, uma vez ou outra", disse meu tio, preparando o terreno.

"Também não tem nada de errado em passar o ano-novo orando com a família", respondeu minha tia.

"Mas as meninas nunca viram", insistiu. "Elas têm que ver pelo menos uma vez."

"Deus me livre, imagina a confusão que vai estar aquilo. Nem pensar, Mário. Nem começa."

Ele sabia que era mais inteligente entregar essa batalha, se quisesse vencer a guerra.

Voltou a atacar alguns dias depois, desta vez com o argumento definitivo.

"Imagina a desfeita. É a primeira festa na casa do Raul."

Foi assim que vimos pela primeira vez a queima de fogos em Copacabana.

Naquele dia, saímos cedo e seguimos para a zona sul do Rio de Janeiro. Tio Mário dirigiu pela orla, que era o caminho mais bonito. Passamos pelo Aterro do Flamengo, onde uma fileira de árvores nos guiou até o Pão de Açúcar. Natália olhava para a praia, grudada na janela, quando toquei seu ombro e apontei para o outro lado, onde o Cristo Redentor nos espiava por entre os prédios. Ela deu um salto e atirou-se por cima de mim para enxergar melhor: nunca chegamos tão perto do Cristo Redentor.

Depois, atravessamos um túnel e chegamos a Copacabana. Não passamos pela praia porque o trânsito estava interditado. Os carros buzinavam, enfileirados na rua, avançando milímetro por milímetro. Levamos um bom par de horas para estacionar. A esta altura, tio Mário já estava arrependido, mas não ousou dizer nada.

O apartamento era minúsculo. Havia nele somente uma sala com mesa de jantar, seis cadeiras, um sofá-cama e uma televisão. Essa sala, que era o apartamento inteiro, estava enfeitada com balões e um grande 2011 de papel dourado que já começava a descolar da parede. Além de tia Florzinha, não conhecíamos mais ninguém. A esposa de tio Raul corria de um lado para o outro, não veio falar conosco nem para se apresentar. Enfrentamos aquela tarde arrastada apenas esperando a melhor parte. Quando afinal chegou a hora, tio Mário teve que nos acordar no sofá. Eu estava de mau humor. O dia foi longo e o caminho até a praia, caótico. O mundo inteiro se espremia naquelas calçadas. Esperava que na praia as pessoas tivessem mais espaço para se espalhar, mas chegando lá constatei o impossível: havia ainda mais gente. Tive medo de me perder e segurei forte a mão de Natália. Eu suava.

Quando deu meia-noite, esqueci tudo. Já não me irritavam a multidão e o calor. Por um momento, parei de pensar, acho que nem respirei. Um pequeno *big bang* explodia no céu de Copacabana. Estremeci. De repente, senti um frio na mão esquerda e olhei para o lado: Natália não estava ali.

Vasculhei o entorno com os olhos. As pessoas admiravam o céu, com as roupas brancas e bocas abertas. Eu sabia que precisava sair para procurar Natália. Contei até dez para ver se ela aparecia. Depois, até 20. Não queria mergulhar naquela multidão, então contei até 30. Respirei fundo e comecei a me afastar dos meus tios em direção aos fogos. Entendia o que tinha atraído Natália. Caminhei por entre a confusão até ganhar a visão completa, livre. Natália queria ver tudo. Estava no mar, com a água pelos joelhos e olhava para cima. Não sei quanto tempo ficamos ali. Tia Rosana nos encontrou tremendo de frio, encharcadas, ainda pasmas.

"Nunca vi nada tão lindo", disse Natália.

Foi assim que começou 2011, o ano da nossa tragédia.

44

Uma tragédia ocorre de muitas formas. Às vezes, gosta de pregar peças. Você está lá, tomando seu café da manhã e assovia uma música bonita porque acabou de se casar, está feliz e seu bebê está dormindo no quarto. Só que, na verdade, o bebê não está dormindo, ele sufocou no próprio vômito e morreu. Isso aconteceu com Maria, antes de virar Maria Louca e antes mesmo de Bruna nascer. A tragédia também pode espreitar bem de perto e mandar uma série de avisos, como fez com a pobre Nadir, assassinada pelo marido na porta de casa depois de apanhar em silêncio por tantos anos. Ninguém quer que isso aconteça e ficamos todos muito tristes, embora não realmente surpresos.

Em alguns lugares, a tragédia é tão corriqueira que inclusive deixa de ser chamada assim. Onde eu moro, por exemplo, nós aprendemos desde cedo a conviver com a violência. É uma vizinha desagradável, como Mariângela quando grita palavrões para o marido. Contudo, o dia 7 de abril encontrou todo mundo desprevenido. Foi um tipo de tragédia completamente nova para todos nós. Ninguém imaginava que uma coisa dessas poderia acontecer porque nunca ouvimos falar de nada do tipo. Pelo menos não aqui no Brasil. Esse dia amanheceu como outro qualquer e nos pegou no pior momento possível. Natália e eu tínhamos brigado e não falávamos uma com a outra.

45

Aconteceu na época do meu aniversário de 14 anos. Conseguimos convencer meus tios a fazer uma festa à noite. Natália e eu estávamos em alvoroço. Começamos com uma lista de dez pessoas, que logo se tornaram 20 e que depois virou a turma inteira. Natália e tia Rosana planejaram tudo. Natália queria fazer um painel *Princesa Laurinha*, minha tia disse que então deveria ser *Princesa Malu* e eu disse que não queria painel nenhum porque era uma festa de 14 anos, não de 6. Por fim, fechamos um acordo quanto a uma faixa simples de *Feliz aniversário*. Natália entrou em guerra pelo direito de colocar música na festa.

"Qual música?", minha tia quis saber.

"Qualquer música", respondeu Natália.

"Então pode ser música *gospel*?"

"Claro que não."

"Então nada de música."

"Mas como pode ter uma festa sem música?"

Ficou resolvido que haveria música com volume controlado e apenas as que minha tia aprovasse. Nada de *funk*. Nossa roupa foi comprada no *shopping*. Escolhi um vestido preto com brilhinhos e Natália uma blusa prateada e uma saia *jeans* que eu tinha certeza de que era mais curta do que deveria. Para sorte dela, ninguém mais reparou.

Natália entrava e saía de casa carregada de coisas e não me dizia nada. Também ficava muito tempo no computador sem que eu pudesse chegar perto. Certo dia, me levou até a laje para mostrar como estava ficando. Ela havia colocado papel celofane colorido em volta das lâmpadas. Todo o ambiente estava rosa. Não apenas levemente rosado, mas rosa *pink*, quase vermelho. Minha tia ficou horrorizada.

"Jesus amado, isso tá parecendo um…"

Tio Mário divertia-se.

"Deixa elas, Rosana. Você já teve 14 anos."

No dia do meu aniversário, Natália acordou cedo e se aconchegou junto a mim.

"Sabe que dia é hoje?", perguntou.

"Hmmm. Não sei", respondi, só para ouvi-la dizer.

"É o dia mais extraordinário de todos", disse Natália, recentemente fã dessa palavra.

Cada palavra marcava uma época na vida de Natália. Eu me lembro de quando ela dizia *adorável* o tempo inteiro e também da vez em que aprendeu a expressão *por exemplo*. Tinha 5 anos e achava que a palavra se aplicava a tudo. Ela dizia *oi, por exemplo* e *tchau, por exemplo* e *estou por exemplo de você*. Dependendo do dia, este último poderia significar *estou de acordo com você* ou *estou cheia de você*. Eu tinha que estar muito atenta para compreender a língua de Natália.

Esse foi meu erro. Eu não prestei atenção. Todo aquele exagero com os preparativos da festa e o excesso naquela manhã poderiam significar *estou fazendo isso porque eu amo você* ou *estou fazendo isso porque vou sacanear você*. Se eu estivesse atenta, saberia.

46

Era uma terça-feira. Não fomos à aula naquele dia. Eu queria ficar em casa porque o aniversariante é sempre um alvo. Depois do constrangimento de ouvir *parabéns para você* cinco vezes seguidas, uma em cada aula, no final ainda era preciso correr de uma multidão de crianças munidas de ovos, farinha de trigo e o que mais arranjassem para jogar em você. Alguns levavam essa tradição muito a sério. Circulava o boato de que Felipe mantinha um calendário com as nossas datas de aniversário e para alguns colegas ele preparava uma ogiva especial. Diziam que ele enterrava um ovo no quintal e aguardava semanas até que estivesse pronto, ou seja, completamente podre.

Natália faltou à aula dizendo que ainda precisava terminar os detalhes da decoração. A festa estava marcada para as 6 horas da tarde, de forma que os convidados que moravam longe poderiam vir direto da escola para nossa casa. O fim também tinha hora marcada: 10 horas, nem um minuto a mais. Quando nos levantamos, a mesa do café estava pronta e minha tia não estava em casa. No lugar onde eu costumava me sentar, uma pequena flor branca descansava sobre o prato. Já tínhamos começado a comer quando tia Rosana chegou. Segurava um pacote da padaria. Sabia que ali dentro estava o bolo de cenoura com cobertura de chocolate que ela comprava todos os anos porque era o meu preferido.

Perto de meio-dia minha mãe ligou. Era nosso horário habitual, por isso eu costumava apressar o passo quando voltava da escola. A cada três ou quatro dias ela me ligava. Se passávamos cinco dias sem contato, só então eu poderia lhe telefonar. Combinamos assim por causa da conta do telefone. Depois do primeiro mês em que liguei para ela diariamente, tio Mário me deu uma bronca, o que para ele tinha outro nome.

"Maria Laura, precisamos ter uma conversa séria", ele disse.

Sentou-se na minha cama segurando a conta do telefone toda rabiscada de caneta amarelo-limão.

"Você anda ligando para a sua mãe?"

"Sim."

"Todos os dias?"

"Mais ou menos."

Ele esfregou o rosto, impaciente.

"Aqui diz que você liga todos os dias e que fica quase meia hora falando com ela."

O que eu tinha feito de errado?

"Você sabe que a sua mãe mora em outro estado?"

"Sim."

"Você sabe que a ligação interurbana é cara?"

"Não."

"Bom, a sua mãe sabe. Ela não disse nada?"

"Não."

Eu estiquei os olhos para ver a conta. Mostrava o número mil. O preço da televisão de Bruna. Comecei a chorar.

"Eu vou falar com a sua mãe e vou pedir para ela ligar para você de agora em diante. Tá bom?"

Acenei que sim. Ele saiu do quarto e apagou a luz. Chorei até dormir.

No dia do meu aniversário, minha mãe passou o telefone para Larissa cantar *parabéns para você*. Depois, pegou o telefone de volta e me falou coisas lindas. Disse que eu era a coisa mais importante da sua vida. Que pensava em mim todos os dias. Que viver longe de mim lhe doía o coração. Que nos meus 15 anos faria uma grande festa. Eu sabia que algumas coisas não eram 100% verdade, mas gostei de ouvi-las mesmo assim.

Natália trancou-se na laje o dia inteiro e não me deixou entrar. Enquanto isso, tia Rosana manteve-me ocupada. Primeiro, esfregou no meu rosto uma mistura de hidratante e açúcar. Depois, aplicou a máscara refrescante, uma receita caseira que aprendeu na televisão e tinha cheiro de iogurte. Eu procurava relaxar, afastando de vez em quando uma mosca intrometida. Por último, tia Rosana pintou minhas unhas de rosa chiclete.

Por volta das 5, Natália desceu e perguntou por que eu ainda não estava pronta. Meteu-me no chuveiro e me mandou não demorar, pois os convidados chegariam a qualquer momento. Não me apressei. Eu sabia que, se a festa estava marcada para as 6 horas, ninguém chegaria antes das 7. Estava quase pronta quando tia Rosana entrou no quarto.

"Toma, experimenta isso aqui."

Eram suas argolas de prata. Coloquei nas orelhas e senti o peso dos brincos. Sacudi a cabeça para me exibir. Neste momento, Natália apareceu. Estava maquiada e usava a blusa prata e a saia *jeans* que era mais curta do que deveria. Havia algo na aparência dela que fugia do habitual e não era apenas a roupa e a maquiagem. Tinha um brilho que só mais tarde compreendi, era o brilho da vitória.

"Você quer subir agora?", perguntou.

Um arco de balões cor-de-rosa coroava a mesa. No centro, letras recortadas de cartolina me desejavam *Feliz Aniversário*. Havia tiras de papel prateado colado no teto, que balançavam com o vento e cintilavam contra a luz. Lembrei do nosso *Réveillon*. Na mesa, pratos de papelão prateado serviam os doces: brigadeiro, beijinho e cajuzinho, e os salgados: coxinha, rissole, quibe, bolinha de queijo e minissanduíches com recheio de atum e maionese. O bolo era branco e dizia: *Princesa Malu*. Um ponto para minha tia, pensei. O *CD player* estava instalado em cima da cadeira. Ao lado, uma pilha de *CDs* que Natália passou semanas reunindo com a turma. Ela pediu que cada um gravasse suas músicas preferidas. Fez parecer que era para agradar a todos, mas na verdade é porque não saberíamos o que tocar. Ela ouvia sempre o mesmo *CD* do Marcelo Jeneci.

Então, a parede me chamou atenção. Nela, um grande mural rosa exibia nossas fotos. Natália e eu na piscina de plástico, em Barra de Guaratiba, usando nossos maiôs de gêmeas, muitas fotos de uniforme escolar e muitas fotos com vestidos de festa, modelos feitos por tia Rosana. Ia dizer que achei tudo lindo. Estava abrindo a boca para agradecer Natália quando minha tia gritou lá de baixo.

"Chegaram!"

47

Por volta das 7 horas, nossa laje estava cheia. Eu estava tímida, não sabia o que dizer e como me comportar. Imitei Natália, que entrava em uma rodinha, dizia alguma coisa, ria e passava para a próxima, onde fazia o mesmo. Por algum tempo só o que fazíamos era comentar a decoração. Eu não aguentava mais tomar Coca-Cola, mas continuava segurando o copo. Eu não saberia o que fazer com as mãos vazias. Vi que Natália gesticulava muito quando falava e talvez eu pudesse fazer o mesmo. Mas temia que, na minha vez, tudo saísse errado. As mãos parariam na cabeça e os pés no lugar das mãos. Desci para o quarto com a desculpa de guardar os presentes e fiquei bastante tempo sentada na cama fingindo que olhava para eles. Foi Bruna quem me encontrou.

"Gostou do meu presente?"

Era uma caixa de bombom.

"Adorei."

"Eu sei que você gosta porque comprava sempre no mercadinho."

Sorri.

"E o que você tá fazendo aqui? A festa tá ótima."

Bruna tinha razão. De uma hora para a outra, todos estavam à vontade, gargalhando e não mais em rodinhas, mas juntos. Aos poucos, fui me soltando também. Antes que pudesse perceber, larguei meu copo de Coca-Cola. Tia Rosana circulava entre nós com o pretexto de repor a comida, mas depois apareceu menos e então parou de ir. Sem dúvida isso contribuiu para o clima geral da festa porque logo já estávamos dançando. Bruna conhecia algumas coreografias e as outras meninas seguiram seus passos. Eu me esforcei. Fingi que errava de propósito e continuei quando percebi que isso me divertia e divertia os outros. Natália também não seguiu os passos, mas não se pode dizer que *errava*. Ela estava criando a própria coreografia e logo percebi que era muito melhor do que a de Bruna. Os movimentos nasciam de dentro dela como se o coração bombeasse o sangue no ritmo da música. Percebi que não apenas Murilo a olhava como todos os outros meninos. Depois de tantos anos juntos, eles a descobriram, finalmente.

Os meninos não dançaram. Seguravam seus copos de Coca-Cola e conversavam entre si. Falavam de nós. Isso não nos incomodou, pelo contrário, estávamos cada vez mais determinadas a chamar atenção. Bruna cumpriu seu papel provocante e eu fingi ser engraçada, mas foi Natália quem atraiu os olhares. Cansada, Bruna procurou uma cadeira e sentou-se em um canto. Fui atrás.

"O que eles veem nela?", perguntou, indignada.

Eu sabia. Eu mesma já tinha visto e há muito tempo. Natália não era normal. Tinha dentro de si um sol, uma estrela ou fogos de artifício, não sei. Algo que brilha. Embora não fosse bonita, estaria sempre ofuscando a menina mais linda da sala. Não respondi. Limitei-me a encolher os ombros. Bruna começou a me contar sobre o menino da *pizzaria*, Carlos Eduardo. Vi que ela pronunciava os dois nomes ao modo de minha mãe, *Maria Laura*. Achavam chique. O que acontecia é que Carlos Eduardo estava apaixonado por ela. Ia todos os dias ao mercadinho e a convidava para comer *pizza*. Tinha que ser depois da meia-noite, quando ele largava o expediente, mas ela não podia sair tão tarde.

"Quantos anos ele tem?", perguntei.

"Dezesseis", disse. "Não é igual a esses bobalhões aí."

Comecei a elaborar um plano para que os dois se encontrassem e ela me ouvia, interessada, até que subitamente arregalou bem os olhos e abriu a boca.

"Filha da mãe!", disse, meio incrédula, meio sorridente.

Segui seu olhar e então meu sangue congelou. Natália e Murilo estavam se beijando. As mãos dela estavam no pescoço dele e as mãos dele na cintura dela. Meu primeiro impulso foi procurar tia Rosana, mas não pude. Tinha o corpo inteiro paralisado. Não conseguia me mover nem falar e por isso tive que assistir. Ficaram assim por um longo tempo.

48

Evitei Natália naquela noite e na manhã seguinte. Eu não sabia o que dizer e também não queria ouvir o que ela teria para falar. Sabia que se me deixasse seduzir por uma de suas histórias, terminaria torcendo para que os dois se casassem e tivessem belos filhos. Talvez nem me lembrasse de que um dia amei Murilo. Por isso, decidi faltar à aula mais uma vez. Disse que não estava me sentindo bem. Natália foi sozinha. Ela não perderia aquele dia por nada e vi quando pegou as argolas de prata da minha tia que estavam sobre a mesa de cabeceira. Fingi que estava dormindo e deixei que pegasse o que quisesse. Não precisei me esforçar para parecer doente porque meu aspecto era horrível. Dormi mal e a tristeza me abateu. Minha tia queria saber todos os detalhes da noite anterior. Contei o que pude e inventei o resto. Ela fez seus comentários e disse ter ficado encantada com um menino de sorriso bonito e cabelo encaracolado.

"Que menino educado", ela disse. "Que bonitinho que ele é."

Eu queria morrer.

Murilo tinha ido à festa com uma bermuda larga, bege, uma camiseta branca e um cordão de prata. Percebi que estava usando tênis novo, todo branco, de marca. Isso me comoveu porque sabia que ele queria impressionar. O cabelo estava com creme, cuidadosamente arrumado para parecer desarrumado. Ele cheirava a loção pós-barba. Já tirava os pelos do rosto? Será que arranhavam quando ele beijava ou sua pele era macia?

Eu queria sentir ódio de Natália, mas sentia o mesmo de sempre: admiração e inveja. A diferença é que agora os sentimentos estavam expostos, saindo da minha ferida aberta como se fossem tripas. Em vez de tentar arrumar de volta tudo lá dentro, eu me deitei sobre elas, onde chafurdei por toda a manhã.

Ela era melhor do que eu.

Ela merecia.

Torturei-me imaginando Natália chegando à escola e encontrando Murilo. Então, percebi meu erro. Sem mim, eles poderiam sentar-se juntos. Ficariam o dia inteiro trocando bilhetes. Ela, com a letra bonita que eu conhecia bem, ele, com aquele garrancho. No intervalo, iriam para o namoródromo. Voltei a ficar aliviada por ter faltado à aula. Não precisava olhar tudo acontecendo bem na minha frente. Perto das 10, tia Rosana me obrigou a sair da cama. Pediu que eu pesquisasse uma receita na internet. Enquanto fazia a busca, surgiu na tela uma janela de conversa.

Murilo: oi.

Levei um susto. O que ele estava fazendo na internet àquela hora? Também não foi à aula? Senti o prazer percorrendo meu corpo. Nada daquilo com o que me atormentei aconteceu de fato. Natália estava sozinha ou sentada ao lado de qualquer outra pessoa. Bem feito. Percebi, então, que estava logada com o nome dela. Isso explicava porque Natália estava sempre no computador: eles andavam conversando. Ela foi inteligente. Atraíra-o para onde sabia que se saía melhor. Azar o meu que não pensei nisso antes.

Natália: oi :)

Hoje eu teria parado ali. Mas eu não tinha como adivinhar até onde essa conversa me levaria e prossegui.

Natália: tb não foi pra aula hoje?

Murilo: perdi a hora. não dormi pensando em vc

Natália: eu tb :)

Murilo: tá fazendo o q?

Natália: tô escrevendo

Murilo: pra mim?

Natália: hahaha

Murilo: escreve pra mim

Natália: tá bom

Murilo: mas vê se dessa vez escreve melhor ;)

Natália: como assim?

Murilo: lembra daquela carta pra Malu?

Meu nome. Ele falou meu nome. O cursor ficou piscando na tela. Eu não sabia o que dizer. Eu não sabia do que ele estava falando.

Natália: não

Murilo: lembra que no sexto ano eu pedi pra vc escrever uma carta pra Malu?

Não era bem assim que eu me lembrava da história.

Natália: não lembro

Murilo: todo mundo dizia que vc escrevia bem e tal e daí eu te pedi pra escrever uma carta pra Malu no meu nome. Vc não lembra?

Natália: agora lembrei

Murilo: só que não escreveu tão bem né? hahaha

Natália: pq?

Murilo: pq vc disse que ela não gostou da carta e jogou no lixo hahaha

Eu achei que ia desmaiar. Devo ter ficado muito tempo sem responder porque ele começou a se desculpar.

Murilo: mas vc sabe que isso não tem mais nada a ver

Murilo: eu gosto de vc

Não respondi.

Murilo: tá aí?

Desliguei o computador.

49

Quando Natália voltou da escola, me encontrou limpando a laje. A festa deixou um rastro de copos e pratos e sujeira, e ela começou a me ajudar. O trabalho durou toda a tarde. Eu estava furiosa. Sentia um aperto na garganta e sabia que choraria se falasse qualquer coisa, por isso fiquei em silêncio. Ela também não disse nada.

O trabalho aliviava meu sofrimento. Recolhi os copos e os pratos descartáveis. Estavam amontoados nos cantos, pequenas montanhas de lixo cor-de-rosa. Varri todo o chão, mas não achei suficiente e também joguei água e sabão e comecei a esfregar. Tínhamos acabado de nos despedir do verão e ainda fazia calor. Era agradável sentir a água gelada nos pés e nas mãos. Uma de nós já teria proposto um banho de mangueira, se fosse um dia comum. Mas não era.

Eu já sabia que pessoas amadas podem nos machucar. Mais cedo ou mais tarde, vai haver um momento em que você vai estar entre aquela pessoa e algo que ela deseja. Então ela vai passar por cima de você. Por mais que não queira, por mais que ame você, ela vai fazer isso porque, quando isso acontece, é você ou ela. Foi assim com a minha mãe, quando quis liberdade. Foi assim com Natália, quando quis o amor.

Natália estava em cima de uma escada, tirando as fitas prateadas que ela mesma pendurou no dia anterior. Depois, retirou cuidadosamente o pôster cor-de-rosa com nossas fotos e o colou no quarto, junto à cama. Era uma maneira de dizer *eu te amo* ou *me desculpa, mas era você ou eu.*

50

Nosso silêncio era uma corda elástica esticada. A cada minuto, a corda esticava-se mais e mais, a tensão se agravando aos poucos, prestes a explodir. Estava claro que nos machucaríamos. Depois do jantar, levei Estrela para tomar ar.

"O que é que eu faço?", perguntei.

Estrela me lambeu o rosto.

"Vai pegar a bolinha."

Brinquei de jogar a bolinha até que fui chamada para entrar em casa. Já era tarde o suficiente para que eu pudesse apenas tomar banho e dormir. Quando entrei no quarto, Natália estava no computador. Disse boa noite. Fingi que não ouvi e me deitei, afundando a cabeça no travesseiro.

Tec tec tec tec.

Estava conversando com Murilo? Ele contou sobre o que aconteceu mais cedo?

Tec tec tec tec.

Com certeza ele perguntaria se estava tudo bem, ela perguntaria *por quê* e ele diria *por causa de hoje de manhã* e ela diria *o que tem hoje de manhã?* E então ele contaria tudo.

Tec tec tec tec.

Fiz o que fiz movida pela força acumulada na tal corda elástica. Eu já não aguentava mais. Levantei-me, fui até o quarto dos meus tios e bati na porta. Nunca antes fiz nada do tipo, então eles logo me perguntaram:

"Tá tudo bem?"

"Sim. É que a Natália não me deixa dormir. Fica até tarde conversando no computador."

Eu sabia que *conversar no computador* era algo que enchia meu tio de preocupação e se isso estava sendo feito *até tarde,* bom, com certeza ele não ia gostar. Em meio segundo, tio Mário abriu a porta e caminhou até nosso quarto com passos furiosos. Natália não ouviu, estava concentrada no seu *tec tec tec tec.*

"Desliga esse computador, Natália."

Ela assustou-se. Compreendeu imediatamente minha traição. Então, abrandou o olhar para se dirigir ao pai.

"Já vou, pai."

"Eu disse *agora*", ele metia medo, embora falasse baixo.

"Espera só um pouquinho."

Tec tec tec tec.

Meu tio foi até a sala, puxou o fio que ligava o telefone e a internet e o arrebentou. Não sei se ele queria apenas desconectar e a força lhe saiu descontrolada ou se realmente pretendia danificar o cabo. O fato é que o estragou. Várias fibras coloridas se partiram dentro do fio cinza.

51

"QUAL É O SEU PROBLEMA?", gritou Natália, olhando para mim.

E foi então que começou.

"VOCÊ. VOCÊ É O MEU PROBLEMA. PORQUE VOCÊ NUNCA SE IMPORTOU COMIGO E SÓ FAZ O QUE BEM ENTENDE. EU TENHO QUE FAZER TUDO O QUE VOCÊ QUER NA HORA QUE VOCÊ QUER E VOCÊ NUNCA ME PERGUNTOU O QUE EU QUERO. VOCÊ SABE? VOCÊ SE IMPORTA? PORQUE EU ACHO QUE NÃO. EU ACHO QUE VOCÊ É SÓ UMA MIMADA EGOÍSTA QUE SEMPRE TEM TUDO O QUE QUER E NÃO DÁ VALOR PRA NADA. EU ACHO QUE VOCÊ SE ACHA O MÁXIMO PORQUE ME DÁ ESSE QUARTO AQUI, ESSA CAMA AQUI E POR ISSO EU TENHO QUE SER GRATA. POIS ENTÃO EU VOU TE DIZER UMA COISA: EU NÃO SOU GRATA. EU NÃO SOU NEM UM POUCO GRATA. NA VERDADE EU ACHO TUDO UMA MERDA. VOCÊ QUER SABER QUAL É O MEU PROBLEMA? O MEU PROBLEMA É QUE EU QUERIA TER O MEU PRÓPRIO QUARTO, EU QUERIA TER OS MEUS PAIS, EU QUERIA PODER SABER QUANDO O MENINO QUE EU GOSTO TAMBÉM GOSTA DE MIM. EU QUERIA TER ALGUMA COISA SÓ PRA MIM E EU NÃO TENHO NADA. EU NÃO TENHO NADA E EU TE ODEIO POR ISSO. EU TE ODEIO."

Quando terminei, senti que tinha derrubado um castelo dentro de mim, com muralha e tudo. Só me restavam os escombros. Era uma sensação terrível e maravilhosa. Era dor e alívio. Natália estava assustada. Ouviu tudo em silêncio, sem se mover da cadeira, sem mexer um músculo. Olhava-me como se me visse pela primeira vez.

Tio Mário estava parado, apoiado no batente da porta com tia Rosana agarrando-lhe o braço. Em nenhum momento tentaram me interromper e hoje eu penso: *Meu Deus, por que não fizeram nada?* Foi o choque? Foi curiosidade? Sempre fui sossegada e nunca dei indícios de que não gostava da minha vida ou mesmo de que pensava sobre isso. Meu tio tinha no rosto a expressão de sempre. O mesmo olhar de quando me flagrou matando aula, aos 6 anos. Ou de quando pediu que eu não mais telefonasse diariamente para a minha mãe. Um olhar de quem pede desculpas. Lágrimas grossas escorriam no rosto de minha tia. Foi ela quem quebrou o silêncio.

"Vamos dormir", ela disse.

52

Na manhã do Pior Dia de Todos, minha tia não saiu do quarto. Estava com enxaqueca e não se levantou para fazer café, nem para nos dar um beijo. O silêncio entre Natália e eu se esvaziou. Onde antes havia raiva e depois alívio, agora não existia nada. Eu estava oca.

Dizem que horas antes de um terremoto acontecer, os pássaros param de cantar. Nunca vi. No Brasil não existem terremotos. Sempre pensei nisso como uma coisa boa, mas agora não tenho certeza. Se houvesse terremotos no Brasil, eu teria recebido o treinamento necessário e talvez soubesse evitar o abalo sísmico que surgiu dentro de mim. Eu teria interpretado o nosso silêncio como o silêncio dos pássaros. Então, eu nunca teria ficado tanto tempo sem dizer o que penso e o que sinto porque teria aprendido que isso não é bom.

Naquela mesma noite, eu teria falado para Natália: *Você beijou o Murilo? Você está louca?* E ela diria: *Louca de amor!,* e daria uma gargalhada. Então eu continuaria reclamando. Ela me convenceria de que não sou dona do Murilo e que não tinha do que lhe acusar. Então eu ficaria brava e diria que tinha, sim. *Você devia ter me avisado.* Depois, chegaríamos à conclusão de que ambas estavam certas e erradas, como em geral são todas as brigas. Mas isso é futuro do pretérito e, como Natália me ensinou, significa que uma coisa não aconteceu. Teríamos ficado bem, mas não ficamos.

Se no Brasil houvesse terremotos, talvez os pais nunca dissessem aos filhos: *Engole esse choro!* Saberiam que desse jeito a mágoa se escaparia para o fundo do estômago, onde permaneceria em silêncio, às escondidas. Ninguém sabe com qual grau de destruição ela explodiria depois. Eu diria que a minha, naquela noite, foi maior que 8 na escala Richter. Restou pouca coisa de pé. Mas nunca serei dessas pessoas que dizem que sentem muito, que não queriam ter feito o que fizeram. Essas pessoas estão mentindo. No momento em que explodimos, isso é exatamente o que queremos. Queremos ferir, queremos machucar de volta porque antes também fomos machucados.

Sei que alguns sentimentos feios encontraram moradia dentro do meu estômago e lá engordaram e cresceram sem que eu me desse conta. Quais eram? Quando começou? Qual foi a primeira vez em que eu, me sentido ferida, engoli o choro e alimentei minha caixa de Pandora? Não sei dizer. Seja como for, naquela manhã de 7 de abril, tudo isso já tinha me abandonado. Sentada na mesa da cozinha, olhava Natália preparar dois copos de achocolatado e sentia apenas um leve mal-estar, um esboço de remorso.

Ela tirou a casca do pão de fôrma, passou manteiga, geleia e depois fechou o sanduíche com outra fatia de pão e o cortou ao meio, fazendo dois triângulos. Então, fez tudo de novo, desta vez sem manteiga, e assim eu sabia que era para mim. Só ela tinha essa mania de comer manteiga com geleia. Colocou meu sanduíche e o copo de achocolatado na minha frente, sentou-se e comeu. Começou a escrever alguma coisa no seu caderno, mas o fechou em seguida e o levou para o quarto. Neste momento, meu sentimento tomou outra forma e eu já estava arrependida. Acharia um meio de pedir desculpas e, dentro de algumas horas, estaria de volta à rotina.

Eu não tinha idade para entender o que talvez ninguém tenha idade para entender: a nossa rotina é frágil e desaparece de repente. Basta uma brecha no desenrolar do dia e a vida como a conhecemos acaba em ruína. O prédio desaba, um carro explode ou um homem entra na escola e mata 12 crianças.

53

Começava uma aula de Língua Portuguesa. A professora nos cobrou o trabalho de redação. Começou por Natália, sua preferida. Pediu que ela se levantasse e lesse em voz alta o que tinha escrito. Eu estava de olhos fechados e me lembro de ouvi-la começar: *A menina mais extraordinária que eu conheço.* Esse era o título da redação de Natália.

Em seguida, ouvi a voz de um homem e levantei a cabeça. Era jovem, moreno, de cabelo raspado e bem vestido. Usava uma camisa social verde de mangas compridas, calças pretas, uma grande bolsa a tiracolo e talvez uma única coisa que destoava do resto: um par de luvas pretas que deixavam os dedos à mostra. De imediato, não estranhei sua presença. Estávamos na semana de comemoração de 40 anos da escola e havia palestras na programação. Soube mais tarde que foi assim que ele entrou. Disse que era um ex-aluno e que daria uma palestra. Ninguém questionou. Ele de fato era ex-aluno. Estudou na Tasso da Silveira dez anos antes, talvez tenha se sentado naquela mesma cadeira e tenha tido aulas com a mesma professora.

Lembro vagamente de ele ter mencionado algo sobre uma palestra quando entrou na sala. Tirou dois revólveres da bolsa e apontou para as meninas sentadas na primeira fileira. *Que legal*, pensei. Achei que era uma demonstração de segurança.

54

Oficialmente, o ataque durou 15 minutos. Para quem estava lá, não pareceu mais do que uma fração de segundo. Mal tive tempo de respirar. Porém, quando recrio as cenas daquele dia, posso dar inúmeros detalhes e me demorar neles por horas. Meu psicólogo diz que é porque nós absorvemos muito mais informação do que é possível compreender. Algumas coisas só aparecem com o tempo e outras nunca vão chegar à superfície. Quando ouço isso, imagino doutor Rafael equipado com roupa de mergulhador e lanterninha, investigando o que há lá no fundo. Em seu bloquinho, escreve o que vê: navios naufragados e restos mortais.

Demorei para entender o que estava acontecendo. Mesmo quando ouvi o primeiro tiro, me veio à memória o som do balão de aniversário estourando. No final da minha festa, os convidados destruíram o arco de balões cor-de-rosa e estouraram todos ao mesmo tempo. Parecia uma saraivada de fogos de artifício ou tiros. Mas agora eu sei que é uma bobagem comparar qualquer coisa com tiros. Tiros são únicos. O eco dos disparos dentro da sala era ensurdecedor, não era à toa que eu não conseguia pensar. Somente quando duas meninas caíram no chão eu entendi. Corremos para o fundo da sala. Gritamos.

"Quietos", ele disse. "Ou vou matar todo mundo."

Eu estava embaixo de uma mesa agarrada à Natália e a ouvia orar baixinho:

"*O Senhor é meu pastor e nada me faltará.*"

Senti que ele mataria todos nós. Mas depois percebi que estava escolhendo as meninas.

"Você", ele dizia, apontando a arma. "Se levanta."

Então a menina ficava de pé. Ele se aproximava, encostava a arma na testa e *pá*. Atirava.

"*Deitar-me faz em grandes pastos. Guia-me mansamente em águas tranquilas.*"

"Somente as meninas bonitas", ele dizia. E dava uma olhada na turma até escolher a próxima.

Agora ninguém mais queria se levantar, e ele começou a atirar de longe. Caminhava até a porta e voltava. Depois que um menino conseguiu fugir, ele começou a atirar nos meninos também. Acho que apenas para assustar porque nos meninos ele atirava nos braços e nas pernas. Nas meninas, especialmente as bonitas, mirava na cabeça e no peito.

Eu fechei os olhos porque era feio demais.

"*Refrigera a minha alma. Guia-me pelas veredas da justiça, por amor do seu nome.*"

Não sabia que meus amigos estavam morrendo. Essa informação ainda estava à deriva na minha consciência. O sangue era o que me fazia fechar os olhos. Estava espalhado nas paredes, formava poças no chão.

"*Ainda que eu andasse pelo vale da sombra da morte, não temeria mal algum, porque tu estás comigo.*"

Então, me ocorreu um pensamento assustador. Se eu morresse de olhos fechados, não saberia que estava morrendo. Não poderia me despedir. Isso me fez abrir os olhos e sussurrar no ouvido de Natália:

"*Eu te amo, eu te amo, eu te amo muito.*"

55

"Pelo amor de Deus, não me mata", ouvi alguém gritar.

Mais uma menina. Mais um disparo.

Agora eu estava com os olhos bem abertos. Seguia-o a fim de perceber uma brecha para fugir. Alguns amigos tinham conseguido sair da sala. Era uma decisão difícil porque, assim que se levantasse, você chamaria a atenção dele e poderia levar um tiro. Restava-nos apenas torcer para que pegasse no braço ou na perna.

Eu estava paralisada. Ouvia gritos. Sentia cheiro de xixi. Ele dava voltas dentro da sala. Caminhava por entre as mesas, aproximava-se e depois voltava para a porta. Por duas vezes, chegou muito perto de Natália e de mim. Na terceira vez, ele me viu.

"Você", ele gritou. "De pé."

É agora, pensei. Senti uma calma inesperada, que acho que atinge a todos nos minutos finais da vida. Só precisava me levantar e pronto, tudo acabado. Talvez nem mesmo sentisse dor. Meus amigos baleados não gritaram. Só gritou quem ficou. É o que dizem, não é? Que é pior para quem fica?

Só que eu não conseguia me mexer. Minhas pernas não me obedeciam, estavam fracas e tremiam. Percebi, para minha surpresa, que o cheiro de urina vinha de mim mesma. Ele ficou impaciente com a demora e voltou a gritar, me apontando a arma.

"Eu falei com você."

Eu não queria que ele atirasse em mim deitada no chão, agarrada à Natália. Ela ficaria toda suja de sangue. Essa imagem me pareceu triste demais e tive forças para me levantar. Olhei em seus olhos, procurando qualquer coisa de humano, mas só encontrei dois buracos vazios. Ele encostou a arma na minha cabeça. Estava quente.

Tic.

56

Foi Natália quem percebeu. Tinha acabado a munição. Ela agarrou minha mão e me puxou em direção à porta. Antes de conseguir sair da sala, porém, escorreguei em uma poça de sangue e caí. Meu coração batia tão forte que eu podia ouvi-lo nos ouvidos, tão rápido que eu achei que poderia morrer. Se não baleada, com certeza de tanto medo. Natália me levantou. Neste momento, ouvimos mais um tiro. Já tinha dado tempo para ele recarregar a arma e corremos sem olhar para trás.

Tudo o que eu já contei até aqui levou poucos minutos para acontecer. Se eu fosse relatar o que aconteceu na duração em que *parecia* estar acontecendo, seria apenas suficiente dizer:

Então ele chegou e atirou em nós.

Por muito tempo foi tudo o que os alunos relataram. *Ele chegou e atirou em nós e havia sangue demais.* Levei anos até organizar minhas memórias e conseguir explicar o que estou contando agora. O que aconteceu dentro da escola depois da nossa saída só descobri depois. Ele entrou na sala em frente à nossa e continuou com os disparos. Ao todo, foram 60 tiros naquela manhã. Atingiram 20 meninas e quatro meninos. Dez meninas e dois meninos morreram. O primeiro aluno a conseguir fugir, baleado, correu até a rua Piraquara, onde encontrou uma *blitz* policial. Quando os policiais chegaram, encontraram o homem a caminho do terceiro andar, onde pretendia continuar o ataque. Ele chegou a apontar a arma para os policiais, mas foi atingido antes. Ferido, precisou antecipar o fim que planejou para si mesmo: deu um tiro na própria cabeça.

57

Havia, naquela manhã, 400 alunos estudando na Escola Municipal Tasso da Silveira. Eles estavam jogados no chão, amontoados nos fundos das salas, aterrorizados, imaginando quando o autor dos disparos chegaria. Uma sala foi trancada por fora, com a turma lá dentro. Assim que ouviu os disparos, o professor foi ver o que acontecia e voltou apavorado. Pediu que os alunos se deitassem no chão em silêncio e os trancou pelo lado de fora. Era a única maneira de trancar a porta.

Os policiais continuaram a busca por algum tempo, pois temiam que houvesse outro atirador dentro da escola. Quando ficou claro que não havia mais ninguém, eles entraram de sala em sala pedindo que os alunos saíssem da escola. No caminho, todos viram de perto o homem que tanto haviam temido nos últimos 15 minutos. Morto, com a cabeça caída para um lado, o corpo para o outro, a camisa verde empapada de sangue. Aquela figura desajeitada na escada já não podia fazer mal a nenhum de nós. Quando vi suas fotos depois, em dezenas de imagens na televisão, nos jornais e revistas, percebi como era magro. Não se parecia muito com o homem que invadiu minha sala. Lá dentro, empunhando uma arma em cada mão, ele parecia ter o dobro do tamanho natural.

Quando morreu, ainda usava na cintura um cinto de guarnição com munição para mais 25 disparos. Sem dúvidas, ele havia se preparado para aquele momento. Começou a planejar o ataque um ano antes. Comprou as armas, um revólver calibre 38 e um calibre 32, e treinou a utilização de um carregador rápido, que troca todas as munições de uma vez só. Ele queria matar a maior quantidade de pessoas no menor tempo possível – e conseguiu. Foram 12 mortes em 15 minutos de ataque. Quase uma por minuto.

Uma das armas ele comprou por 260 reais. Adquiriu com um chaveiro que, por sua vez, conseguiu com um vigia. Ele disse que morava sozinho e precisava se proteger. Ninguém achou que seria capaz de machucar alguém. Era um menino quieto, sem antecedentes criminais. Não era o tipo de pessoa que você imagina fazendo o que fez.

Mas eu soube disso depois. O homem que encontrei naquele dia não apenas era capaz de nos matar como, digo mais, se divertiu. Ele tentava conversar individualmente com alguns alunos, mas às vezes via-se que ficava nervoso e atirava a esmo. Demonstrava frieza, mas também gargalhava. De vez em quando, ele usava palavras complicadas que me soavam religiosas. Coisas como: *Sois todas impuras e pecaminosas*, mas, depois, parecia voltar a ser apenas um jovem de 20 e poucos anos. Lembro-me de tê-lo ouvido falar para um dos meninos: *Relaxa, gordinho, não vou te matar.*

O que estava na origem daquela maldade foi algo que perdi muito tempo tentando entender. Por que ele fez isso? É uma pergunta sem resposta que eu, por fim, tirei da minha cabeça. Disseram que ele sofreu *bullying* naquela mesma escola e voltou dez anos depois para se vingar. Especialmente das meninas. Quando ele entrou em nossa sala, não conhecia nenhuma de nós e, no entanto, nos odiava. *Impuras. Infiéis. Pecadoras. Pecaminosas. Pá. Pá. Pá. Pá.*

O som dos disparos reverberou por todo o bairro. Tia Rosana, porém, não pôde ouvir nada. Tinha tomado remédios fortes para enxaqueca e estava trancada no quarto, onde dormiu até as 3 horas. Mas vários pais escutaram os tiros e correram para descobrir o que havia de errado. Um foi chamando o outro, e, por volta das 9 da manhã, a rua em frente à escola estava tomada. Cada morador da região conhecia alguém que estudava na Tasso da Silveira. Todos queriam notícias de seus filhos, netos, sobrinhos, vizinhos e amigos. Equipes de televisão não demoraram para ligar as câmeras em busca das vítimas, que só diziam:

Então ele chegou e atirou em nós.

Tinha sangue.

Uma cachoeira de sangue.

No fundo, as crianças é que queriam saber: *Mas o que foi que acontaceu aqui?*

Antes de os bombeiros chegarem, os próprios moradores entraram na escola e ajudaram a resgatar as crianças feridas. Eles as carregavam no colo até a rua e depois entregavam a quem tivesse um carro. Tio Mário estava trabalhando em uma obra ali perto e foi um dos primeiros a chegar.

58

Assim que viu um tumulto na rua, meu tio foi logo saber do que se tratava. Estavam falando que um sequestrador entrou na Tasso da Silveira e tinha feito reféns. Ele não pegou a Parati. Correu em disparada em direção à escola. Quando chegou, ninguém sabia dizer o que tinha acontecido. Uma pequena multidão se formou em frente ao prédio. Crianças caminhavam desnorteadas. Perguntou a uma ou duas se nos conheciam. Elas não responderam. Então meu tio entrou. O primeiro andar estava vazio. Pequenas marcas de sangue no chão anunciavam a má notícia. No segundo andar, viu o homem morto na escada e então foi tomado pelo pavor. Entrou na sala onde tudo começou. Natália e eu não estávamos lá.

"Tio, leva ela. Ela tá machucada", gritou uma criança, apontando para uma menina caída no chão.

Então, ele precisou fazer uma escolha terrível, que eu espero que ninguém tenha que fazer na vida. Ele teve que decidir entre salvar a menina ou procurar a filha. Não sei o que lhe passou pela cabeça porque nunca tive coragem de perguntar. O que ele conta é que pegou a menina no colo e a levou para fora, onde alguém se encarregou de procurar um hospital. Continuou fazendo isso por um tempo. Esteve em todas as salas do segundo andar. Entrava para nos procurar, mas encontrava outra criança ferida.

Eu tento entender o que tio Mário sentiu quando nos procurou embaixo das mesas, entre as crianças assustadas. Quando encontrava uma menina ferida, sentia alívio por constatar que não era nenhuma de nós? Ou será que isso o deixava ainda mais preocupado? Não sei, afinal, se era preocupação o que ele sentia. Entrar na escola onde a filha deveria estar estudando e, em vez disso, deparar-se com dezenas de crianças baleadas?

"Três que eu carreguei já estavam mortas", ele disse.

O que meu tio sentiu ninguém jamais vai entender.

59

Tio Mário não nos encontrou porque, quando chegou à escola, já estávamos longe dali. Assim que alcançamos a rua, nos abrigamos na casa da frente, onde uma senhora nos escondeu. Ela disse que estava apavorada com os tiros.

"Estão assaltando o mercadinho, é?"

Eu disse que não. Contei que os tiros vinham da escola, onde um homem estava matando todo mundo.

"Não pode ser!", ela disse. Só então reparou que Natália e eu estávamos com a camiseta cheia de sangue. Não tínhamos visto.

"Ai, meu Deus, vocês foram baleadas!", gritou.

Em seguida, ela ligou para a polícia e para os bombeiros. Telefonou também para o filho, que morava no andar de cima e pediu que ele nos levasse para o hospital. No carro, Natália e eu nos abraçamos, tremendo.

"Você sentiu alguma coisa?", perguntei.

Ela fez um sinal negativo com a cabeça.

"Nem eu."

O homem falou que deveríamos ficar acordadas e acho que por isso começou a puxar assunto.

"Qual é o nome de vocês?"

"Maria Laura e Natália."

"Vocês estudam juntas?"

"Sim."

"São amigas?"

"Primas."

"Que legal. Primas que estudam juntas."

Ele tentava parecer animado, mas estava nervoso e gaguejava.

"Quantos anos vocês têm?"

"Eu tenho 14, ela tem 13."

"Que legal", ele dizia, virando-se constantemente para nos olhar no banco de trás.

"Vocês estáo em qual série?"

"Oitavo ano."

Ele olhava tanto para trás que tive medo de que batesse o carro.

"Vocês moram em Realengo?"

"Sim."

Estranhei que só eu estivesse respondendo, já que Natália é quem costumava falar com as pessoas. Foi entáo que olhei para ela e vi que estava inconsciente.

60

Levaram Natália para a emergência. Quanto a mim, fui examinada por uma enfermeira muito pálida em uma pequena sala.

"O que está acontecendo aqui? Você é a primeira menina acordada que aparece."

"Já chegou alguém?", perguntei.

"Cinco!"

"Estão bem?"

"O que está acontecendo?", ela repetiu. Reparei que não respondeu minha pergunta.

Então eu disse novamente que um homem entrou atirando na escola e mais uma vez tive que ouvir que isso não era possível. Eu também não entendia como, mas ali estávamos. A sexta e a sétima criança a chegar no mesmo hospital com uma bala no corpo e o uniforme manchado de sangue.

"Você não está ferida", ela disse.

Isso me pegou de surpresa. A parte de trás da minha camiseta estava ensopada de sangue.

"Acho que fui atingida nas costas, antes de sair."

"Não foi, não, minha querida", ela explicou. "Graças a Deus."

De repente, eu entendi. Sujei a camiseta quando caí na poça de sangue. O tiro que ouvimos não me atingiu nas costas. Acertou Natália.

"Preciso ver minha prima", disse.

Mas a enfermeira já tinha saído. A esta altura, o hospital estava um caos. Achei que seria expulsa a qualquer momento, por isso fiquei quieta no meu canto, de onde assisti a tudo. Reconheci a maioria dos meus amigos passando. Vi o homem da maca entrar e sair mais de vinte vezes. Quando terminou, sentou no chão e chorou.

Ouvi quando o médico de plantão falou com alguém no celular.

"Tô examinando as crianças. A primeira morta, a segunda morta, a terceira morta", ele disse, com a voz presa na garganta. "Não param de chegar."

Então, me ocorreu de que precisava avisar meus tios. Procurei um orelhão e liguei a cobrar para o telefone de casa. Não atendia. Liguei de novo. Nada. Mais uma vez. Nada de novo. Eu poderia ligar mil vezes e ninguém atenderia. Não me lembrei disso na hora, mas meu tio tinha cortado o fio do telefone na noite anterior.

Tentei lembrar o número do celular dele, mas tudo se embaralhava na minha cabeça. Fiquei tonta. Uma mulher se aproximou e disse que eu precisava comer alguma coisa, respondi que não estava com fome, ela insistiu e eu a segui. Tive medo de que me mandasse embora. Na lanchonete do hospital, comprou para mim um salgado e uma Coca-Cola. Começou a fazer perguntas e seguiu-se o diálogo de sempre.

"O que aconteceu?"

"Um homem entrou atirando na escola."

"Mas não pode ser!"

Eu não tinha mais o que dizer e ela se entreteve com a televisão. Vi imagens aéreas da escola, uma multidão ocupava a rua, a legenda na tela dizia: *Nove mortes confirmadas*. Cadê a Natália? Minha cabeça rodou. Achei que ia desmaiar. O salgado dava voltas no meu estômago. Tomei mais Coca-Cola. Senti uma moleza nos braços e nas pernas. O salgado galopava, querendo sair. Tomei mais Coca-Cola. Vomitei.

Eu sei o que o pessoal do hospital diria. Eles diriam *Olha essa menina, ela não pode ficar aqui*. Por isso, saí da lanchonete antes que pudessem me ver em cima do vômito. Caminhei até perto da entrada e vi a calçada cheia de repórteres. Voltei para o meu canto invisível. Agora, chegavam os alunos com ferimentos leves. Na companhia de um deles estava meu tio. Corri até ele e o abracei muito forte. Comecei a chorar.

"Cadê a Natália?"

Chorei mais.

"Cadê a Natália, Malu?"

61

Para meu tio, informaram que Natália estava em estado grave. Ela sofreu uma lesão transfixante e seria operada em seguida. Tio Mário perguntou o que isso significava e o médico explicou que é quando a bala entra por um lado e sai pelo outro.

"Se a bala saiu, não deve ser tão grave, né?", perguntou meu tio, depois que o médico saiu.

Concordei com a cabeça.

"Preciso falar com a Rosana. Ela não atende", disse meu tio.

Via-se que estava prestes a chorar. Pegou seu celular e tentou ligar para minha tia uma, duas, três vezes. Nada. Ele também esqueceu que tinha cortado o fio do telefone. Decidiu ir para casa ver o que estava acontecendo.

"Eu vou ficar aqui", disse.

Em menos de uma hora, meu tio estava de volta. Tia Rosana vinha logo atrás e se arrastava em vez de andar. Sentou-se ao meu lado sem dizer nada, olhando para a frente como se nada visse. Achei que estava em choque, mas depois soube que se entupiu de remédios para dor de cabeça. Foi atormentada por sirenes e helicópteros durante toda a manhã e já não atinava mais nada.

Quando ela caiu em si, eu já não estava mais no hospital. No fim do dia, meu tio insistiu que eu fosse para casa. Eu precisava tomar um banho e descansar, ele dizia, olhando para a minha camiseta. Agora não estava mais vermelho-vivo, parecia mais com o barro do terrenão,

153

onde eu costumava brincar com Natália. Muitas vezes voltamos para casa com a roupa naquela cor. Minha tia dava uma bronca e depois nos mandava tomar banho juntas.

Mariângela e Valdir vieram me buscar e passaram a noite comigo em casa. Evitaram tocar no assunto, mas era difícil pensar em outra coisa, de forma que passamos a maior parte do tempo em silêncio. Ela preparou macarrão com carne moída e me serviu o jantar. Comi pouco para não fazer desfeita e já previ que vomitaria depois. Fiz esforço para conversar. Eu não queria dormir. Mariângela tentou me distrair com histórias da infância de Marília, depois da sua própria. Então, passou a falar dos vizinhos e de gente que eu não conhecia. Ouvia tudo com atenção, mas não entendia nada. Minha cabeça estava em Natália. Já fez a cirurgia? Está acordada? Só então vi que o fio do telefone estava arrebentado e perguntei a Mariângela se eles tinham celular.

"Sim, querida. Seu tio vai ligar quando tiver notícias."

Mas já era tarde da noite e nada de notícias. Deitei-me no sofá. Valdir estava cochilando em uma poltrona e Mariângela fazia crochê. Fechei os olhos e imaginei o dia seguinte. No dia seguinte, eu visitaria Natália no hospital e a traríamos de volta para casa. Mariângela pensou que eu estava dormindo e ligou a televisão baixinho. Deixei meus olhos semicerrados para acompanhar. Eles reprisavam as mesmas cenas: imagens aéreas da escola, multidão na rua, crianças feridas. Até o momento, só o que sabiam é que um homem tinha entrado atirando na escola. A legenda na televisão dizia: *Onze mortos confirmados*. Meu tio não ligou. Natália estava bem. Dormi.

62

No dia seguinte, acordei no meu quarto. Senti uma dor se espalhar pelo corpo como gripe. Afundei-me no colchão, sem pensar, sem me mover. A casa estava estranhamente silenciosa. Vi surgir um fiapo de pensamento, que afastei num impulso. Um medo repentino tomou conta de mim, apertando minha garganta. Virei a cabeça e então meu temor se materializou. A cama de Natália estava vazia.

As imagens do dia anterior ressurgiam como um pesadelo. Era isso. Só podia ser. Corri em direção ao quarto de tia Rosana, onde Natália estaria com ela deitada na cama, de papo para o ar. Empurrei a porta com força e dei com o quarto vazio. Na cozinha, ninguém. Na sala, ninguém. O crochê de Mariângela estava largado na poltrona. Não consegui ficar sozinha em casa e saí para a rua. Alguém já deveria ter chegado para abrir a loja da minha tia, mas as portas estavam fechadas. Então era verdade?

Sentei-me na calçada e fiquei observando a rua. Um menino passou de bicicleta levando um galão de água no bagageiro. Uma mulher carregava um carrinho de bebê. Ela transpirava com o esforço. O dia 8 de abril ainda trazia um resquício de verão. Eu também estava suando sob o pijama. Vi um homem subindo a ladeira. Usava camisa social e bolsa a tiracolo. Estremeci. Dali em diante, tive medo de quase todos os homens que vi. No começo, era uma sensação intensa, horrível, de que um túnel escuro se fechava à minha volta. Com o passar dos anos, o pânico deu lugar à vigilância. Estava atenta a qualquer movimento e, sempre que observava um homem, imaginava onde ele poderia carregar armas. Só ficava em um lugar – qualquer lugar, se eu pudesse sair de lá rapidamente. Meu primeiro pensamento costumava ser: *Se um homem chegar aqui atirando, para onde eu vou fugir?* Não penso mais nisso com frequência, mas ainda hoje escolho sempre os assentos próximos à porta. Em resumo: o medo se abrandou com o tempo, mas nunca me abandonou por completo.

Naquele dia, ainda experimentava o pânico total. Depois que vi o homem com a camisa social e bolsa a tiracolo subindo a rua, um suor frio tomou conta de mim, me faltou ar para respirar e não vi mais nada. Por sorte, Mariângela apareceu e me tirou do escuro. Segurava uma sacola da padaria.

"Acordou cedo, querida. Vou fazer um café pra gente", ela disse.

Era minha tia quem deveria estar ali. Eu estava confusa, embora, no fundo, soubesse que havia um motivo para Mariângela estar me fazendo café enquanto Natália não estava em sua cama. Só não queria acreditar.

"Onde está minha tia?", perguntei.

"Está vindo pra casa. Ela precisa descansar um pouco."

"E Natália?", ao falar esse nome, meu coração pesou no peito como uma pedra.

"Está bem. A cirurgia deu certo. Logo, logo, vai estar boa."

63

A casa silenciosa que encontrei ao acordar rapidamente se transformou em um pequeno centro de apoio, atraindo pessoas que vinham trazer um abraço, comida e companhia. Já não cabia mais nada na mesa da cozinha. Havia bolos, sanduíches, pão doce, pão de queijo, biscoitos e até um empadão. Nenhuma daquelas demonstrações de afeto parava no meu estômago. Quando insistiam muito, eu até comia, mas em seguida meu organismo rejeitava o que quer que fosse.

Bruna chegou por volta do meio-dia trazendo outros amigos e uma sacola cheia de chocolates. Levei-os para a laje e nos sentamos nos mesmos bancos que há poucos dias tínhamos afastado para dançar. Não havia mais vestígios da festa. Eu já nem me lembrava mais. Bruna era quem mais falava. Dizia que Deus era bom, que a tinha livrado de estar naquela turma. Isso me fez pensar em Bingo, o cachorro atropelado que Murilo não pôde proteger porque estava ocupado com as provas do dia. O que será que Deus estava fazendo quando aquilo aconteceu em nossa escola?

Esses pensamentos me distraíram enquanto Bruna narrava sua história. Ela estava na sala ao lado quando os tiros começaram. A porta não tranca por dentro, por isso o professor fez uma barricada com mesas e cadeiras e os mandou deitar no chão e fazer silêncio. O som dos tiros era tão aterrorizante, ela disse, que mordeu o braço para não gritar. Mostrou a pele cheia de marcas. Jurou que viu o homem olhar pelo vidro da porta e disse que nesse momento o coração bateu tão depressa que ela quase desmaiou. Só voltou a respirar quando ele foi embora.

"O professor salvou nossas vidas", ela disse.

A imprensa chegou à tarde. Mariângela passou a manhã inteira pendurada no telefone agendando entrevistas. Minha tia, apesar de não ter dormido nem um pouco, estava tranquila e falou com todos. Meu tio também estava calmo. Não foi tão difícil como eu imaginei de início, eu só precisava fazer o que me pediam. Perguntei a uma repórter como era trabalhar em uma revista. Ela disse que gostava muito, mas que era triste contar histórias como aquela. Então, falei que Natália queria estudar Jornalismo e ela chorou. Cheguei a simpatizar com eles, mas depois me cansei de tudo aquilo. Especialmente quando apareceram as emissoras de televisão.

Três canais de televisão chegaram ao mesmo tempo. Os equipamentos de luz me deixaram nervosa. Eu estava sentada no sofá e eles me davam instruções sobre como falar e para onde olhar. As três repórteres me fizeram as mesmas perguntas e eu dei as mesmas respostas. A última delas era a pior, ela nunca ficava satisfeita. Fazia perguntas cada vez mais estranhas e eu comecei a achar que ela queria me fazer chorar. Não lhe dei esse gostinho. Tia Rosana, no entanto, era mãe – e a mulher soube acertar seu coração.

"Qual é o estado da sua filha?"

"Ela está na UTI. Fez uma cirurgia ontem e ainda está nos aparelhos. Mas sabemos que Deus está olhando por ela e logo estará aqui conosco."

"Você a viu depois do que aconteceu?"

"Ainda não."

"O que você sente quando pensa que pode não ver a sua filha nunca mais?"

Tia Rosana deu um salto para trás como quem se assusta com um inseto. Acho que ainda não tinha pensado naquela hipótese.

"Eu sei que vou ver Natália de novo", disse. Eu pensei comigo: ela não vai chorar.

"Qual foi a última vez que você viu a sua filha?"

Minha tia ficou em silêncio. Vi que ela vasculhava a memória em busca desse momento, e então eu me lembrei. A última vez que minha tia viu Natália foi sentada na cama, me ouvindo falar coisas horríveis. Tia Rosana não respondeu. Abriu a boca para falar alguma coisa, mas começou a chorar.

64

Senta aqui com seus tios. Faz um carinho na sua sobrinha. Você, abre o jornal e finge que está lendo. Agora abraça a sua tia, isso. Eu não entendia o porquê daquilo tudo. À noite, na hora do jornal, vi que misturaram as cenas e as transformaram em uma coisa só. Então era assim que as reportagens eram feitas, pensei. Seria engraçado quando eu contasse isso a Natália. Inventaríamos apelidos para a mulher que fez sua mãe chorar. *Você vai ser assim quando virar jornalista?*, eu diria, provocando-a, e ela me responderia: *Nunca.* Passei este segundo dia inteiro conversando com Natália dentro da minha cabeça. Nunca estive tanto tempo longe dela.

Meus tios não viram a reportagem na televisão. Naquela hora, eles estavam visitando Natália na UTI. Pedi para ir junto, mas disseram que eu não podia entrar. Se isso é verdade eu não sei, mas não questionei. Eu não tinha certeza se queria *mesmo* voltar ao hospital. Seria melhor esperar Natália em casa. Bruna assistiu ao jornal comigo. Não soube disfarçar a cara de decepção quando viu que sua entrevista não entrou no ar.

"Por que é que eles gravaram, então? Só pra me fazer perder tempo?", ela disse.

O jornal já não falava apenas que um homem entrou na escola atirando. Agora, ele tinha nome e sobrenome. Assinou uma carta dizendo que planejava se matar em seguida e deu orientações de como queria seu funeral. Dizia *os impuros não deverão me tocar* e *deverão usar luvas* e *me envolver em um lençol branco*, coisas assim. O que aconteceu depois foi que nenhum familiar apareceu para reclamar o corpo e ele foi enterrado em uma cova rasa.

"Maluco", disse Bruna, como também a maioria dos brasileiros naquela noite.

A seguir, assistimos a cenas de nove enterros. Desliguei a televisão e não voltei a ligar. A pergunta daquela repórter me atingiu de um modo especial. Não dormi naquela noite, pensando nas coisas que disse para Natália. Fiquei no escuro, olhando sua cama arrumada.

65

Nossa casa não ficou vazia um minuto sequer. Era a segunda noite que minha tia não dormia. Tio Mário cochilava na poltrona, mas não ia para a cama. Estava sempre alerta, com o celular preso no cinto da calça. Os amigos continuavam trazendo comida e muitas vezes se reuniam para orar pela recuperação de Natália. Eu gostava disso porque me sentia útil.

No breve momento em que me vi sozinha com tia Rosana, falei:

"Não paro de pensar nas coisas que falei para a Natália naquela noite."

Minha tia irritou-se.

"Olha, Malu, nunca mais repita isso", ela disse. "Em vez de ficar pensando besteira, por que você não ora pela sua prima?"

Ela deve ter percebido que fiquei assustada porque em seguida abrandou a voz e me abraçou.

"Você não tinha como saber, minha filha."

Respirei fundo o cheiro de seus cabelos. Elas usavam o mesmo xampu.

"Você acha que se eu soubesse que isso aconteceria, teria deixado minha filha ir para a escola naquele dia? Eu nem me despedi."

Então entendi. Quando a repórter lhe perguntou quando viu Natália pela última vez, tia Rosana pensou naquela manhã em que não se levantou para fazer nosso café. Eu, por minha vez, lembrei da briga na noite anterior. Mastigamos nossa memória onde ela mais dói.

Passamos aquela noite em claro, orando por Natália. Eu podia senti-la a cada minuto mais forte. Os visitantes nos traziam relatos de recuperações milagrosas. O filho do pastor Cláudio, por exemplo, foi arremessado para fora do carro em um acidente na Avenida Brasil quando tinha apenas 12 anos. Ele ficou 20 dias em coma. Estava agora em nossa sala, forte como um touro, contando essa história com uma voz grave e bonita. Muitas pessoas nos contaram casos ainda mais complicados de desengano e superação. Compreendemos que não havia o que temer, nosso momento era difícil, mas passageiro.

66

No sábado à noite, pastor Cláudio organizou um culto em nossa casa. Era o terceiro dia de Natália no hospital, e os médicos estavam otimistas. Ela estava reagindo bem e poderia acordar a qualquer momento. Mais de 30 pessoas da nossa igreja estiveram presentes e também Bruna, Mariângela e Valdir, que não eram evangélicos.

O pastor Cláudio nos conhecia bem, pois estava à frente da nossa igreja havia muitos anos. Era estranho ouvir outra pessoa falando de Natália. Ninguém a conhecia melhor do que eu, e mesmo assim ele dizia as coisas mais acertadas: *Natália é forte e determinada. Com sua astúcia, dá jeito em qualquer situação.* Enquanto ouvia aquelas palavras, uma certeza começou a brotar dentro de mim e cresceu rapidamente, como as imagens das plantas em desenvolvimento capturadas em câmera acelerada. De repente, já tinha raízes firmes. Era uma ideia sólida. Se existia alguém no mundo capaz de sair daquele hospital como se nada tivesse acontecido, essa pessoa era Natália.

Então não ouvi mais nada. Todos oravam em conjunto e eu acompanhava, mas sem saber o que dizia. As palavras nasciam na minha boca, não na minha cabeça. Fechei os olhos e imaginei Natália. Ela estava melhorando, foi o que o médico disse. Eu podia ver. Ela fazia uma careta engraçada como quem diz: *Você achou mesmo que eu não ia conseguir?*

Comecei a chorar. As pessoas cantavam um hino. Eu o conhecia de cor, mas não sei dizer qual era. Minha cabeça estava longe. Eu não sentia o chão sob os meus pés, nem ninguém à minha volta. Então pensei: *Não estou sozinha. Deus está aqui.* E disse a Ele:

"Nada mais me importa. Traga Natália de volta. Traga Natália pra mim e eu faço qualquer coisa."

O que eu poderia oferecer em troca de Natália? Eu não saberia dizer. Minha prima era o que eu tinha de mais importante. Por isso, achei que Deus entenderia o que eu estava tentando dizer. Ele sabia melhor do que eu mesma os desejos do meu coração e poderia ficar com o que quisesse. Eu só queria a Natália.

67

Naquela noite, antes de dormir, lembrei-me de um verão em Barra de Guaratiba. Eu quase podia sentir um raio de sol. Natália me cobria de areia, mas não briguei com ela. Eu estava relaxada demais para brigar. Prestei atenção no contato da pele com a areia e permaneci imóvel. Escutava o burburinho das pessoas conversando. Tentei entender do que falavam. Depois, me afastei das conversas para ouvir o mar.

Então, Natália começou a me contar uma história.

"Havia uma sereia que vivia no fundo do oceano com os pais e cinco irmãs. Ela subiu à superfície do mar porque era assim que comemoravam quando faziam 15 anos. Por sorte, ou por azar da sereia, naquele dia aconteceu um terrível naufrágio e ela salvou a vida de um príncipe. Ela se apaixonou imediatamente. Ficou horas na praia, olhando para ele e cantando músicas de amor, até que o sol apareceu no horizonte e ela precisou voltar para casa."

"Você está contando a história errado", eu disse. "Ela era proibida de subir à superfície."

"Não é a história do filme. É a história original", ela respondeu. "Me deixa continuar."

"Tá bom", eu disse. Pensei: *É bom que essa história original seja melhor do que a do filme.*

"Nos dias seguintes, ela só pensava nele, dia e noite, e já não aguentava mais viver longe de seu amado. Então procurou a Bruxa do Mar em busca de um conselho. "Bom, há muitos problemas, Pequena

Sereia. O primeiro deles é que você não tem pernas", ela disse. Nessa história, a bruxa não é má, pelo contrário, ela realmente se comoveu com a história e quer ajudar a sereia. "Então você pode me dar pernas", disse a sereia. "Não é simples assim, querida. As pernas que eu posso te dar não são normais e vão doer terrivelmente." "Eu não me importo", a sereia respondeu. "Mas tem outra coisa. Se o príncipe não se apaixonar por você até o terceiro dia, você vai virar espuma do mar." "Me dê pernas", ela disse. "Por favor, não faça isso. Você vai deixar seus pais e suas irmãs aqui embaixo?" "Me dê pernas", insistiu.

"Teimosa", eu disse.

"As pernas que a sereia ganhou eram de fato dolorosas e sangravam a cada passo. Mas ela não se deixou abater. Naquela noite, haveria um baile e ela foi toda faceira conquistar seu príncipe. Chegando lá, para sua surpresa, ele já estava comprometido. Na manhã em que foi salvo pela sereia, ele conheceu outra jovem na praia e ambos se apaixonaram."

"Não era a bruxa disfarçada?", perguntei.

"Não. Era uma menina comum. Ela era muito legal, e o príncipe estava verdadeiramente apaixonado de forma que de nada adiantou a sereia passar a noite inteira dançando com suas pernas doloridas, porque ele não tinha olhos para mais ninguém. Ela ficou triste e foi chorar na beira do mar, onde encontrou as irmãs e lhes contou tudo o que estava acontecendo. Para piorar, descobriu que aquele baile era um noivado e o príncipe se casaria em dois dias. As irmãs ficaram apavoradas, pois não queriam perdê-la. Procuraram, então, a bruxa. "Bom, só há um jeito de evitar essa tragédia", disse a bruxa. "Fazemos qualquer coisa", elas responderam. "Vocês precisam me dar seus cabelos, em troca lhes darei este punhal. A Pequena Sereia deve cravar este punhal bem fundo no coração do príncipe. Dessa forma, ela se transformará novamente em sereia e tudo voltará ao normal." As irmãs aceitaram o acordo sem pensar duas vezes. Cortaram os cabelos bem rente à cabeça, igual a você quando teve piolho, e entregaram o punhal à sereia, explicando o que ela deveria fazer."

"Que horror", eu disse.

"Na noite seguinte, antes de amanhecer, a Pequena Sereia esgueirou-se até os aposentos do príncipe e se preparou para lhe tirar a vida enquanto dormia. Porém, não teve coragem, pois o amava muito. Voltou para a praia, caminhando calmamente, e se despediu das irmãs. Quando o dia por fim nasceu, ela já tinha desaparecido. Virou espuma do mar para sempre."

"Ai, que história triste, Natália."

"Eu não acho."

"Como não?", perguntei, indignada.

"Claro que não é triste", respondeu Natália, olhando para o mar. "Ela fez isso por amor."

68

Natália e eu nos equilibrávamos sobre a prancha. Eu sentia medo, mas a voz dela me tranquilizava, dizia para eu pensar no dia seguinte, quando tudo voltaria a ficar bem. Estávamos no mar, muito, muito além da praia, pois não se via terra para lado algum.

"E se vier um tubarão?", eu perguntei.

"Você finge que é uma sereia e nada mais rápido do que ele", ela disse.

"Você não tem medo?"

"E adianta?"

"Não."

"Então."

"Como viemos parar aqui?"

"Não sei. Acho que a gente está no meio do mar."

"Será?"

"Sim. Veja como é grande."

"Então vamos esperar."

"Esperar o quê?"

"Ajuda. Alguém vai nos salvar."

"Como é que você sabe?"

"Eu não sei. Mas o que mais a gente pode fazer?"

Ela estava certa. Não demorou a aparecer um homem em um pequeno barco a motor.

"Olá! Precisamos de ajuda", ela gritou.

"O que duas meninas estão fazendo no meio do mar?"

"Estamos perdidas", ela disse.

"E o que vocês querem?"

"Queremos voltar para a praia."

"Bom, há muitos problemas", ele disse. "O primeiro é que esse barco só tem combustível para uma viagem."

"Podemos ir com o senhor?", perguntou Natália.

"O segundo problema", ele explicou, "é que eu só tenho um lugar no barco."

"Então não queremos. Muito obrigada, senhor", eu disse.

"Espere", gritou Natália. "Eu sou magrinha, caberíamos juntas no mesmo lugar."

"Não sei. É muito perigoso", ele disse.

"Por favor, nos deixe tentar", ela insistiu.

"Tudo bem."

Entramos com cuidado no bote do homem, mas ele não suportou nosso peso e virou. Nadamos de volta para a prancha.

"Viram só? Você quase nos matou", disse o homem, irritado.

"Então minha prima vai com você", disse Natália.

"Não vou, não."

"É nossa única chance, Laurinha", disse Natália.

"Só vamos sair daqui juntas."

"Você vai com ele e manda outro barco me buscar", insistiu.

"Mas e se eu não te encontrar?"

"Você vai me encontrar."

"Promete?"

"As senhoritas aí precisam decidir, ou não levo nenhuma das duas", disse o homem.

"Prometo", disse Natália. "Vai!"

Acomodei-me no barco e seguimos viagem. Vi Natália parecendo cada vez menor, até que tornou-se um pontinho escuro e depois desapareceu. Neste momento, o homem começou a chorar. Quanto mais nos afastávamos, mais ele chorava, e quando já estávamos quase alcançando a praia, ele uivava de dor.

"Por que você está chorando?", perguntei.

"Não é minha culpa. Só tinha um lugar no barco."

"Não precisa chorar. Outro barco vai buscá-la."

"Não existe outro barco", ele disse.

Então acordei com alguém chorando de verdade. Minha tia estava sentada na cama de Natália, abafando os gritos em seu travesseiro.

69

Natália morreu no domingo, às 6 da manhã. Ela sofreu um choque hipovolêmico causado por hemotórax, que é uma hemorragia na pleura, a membrana que envolve os pulmões. Em outras palavras, Natália afogou-se no próprio sangue. Embora pareça uma morte dolorosa, não foi. Ela nem se deu conta de que estava morrendo. Dormiu suavemente a caminho do hospital e não acordou. O fato de ter demorado três dias pode sugerir que eu estava preparada. Não estava.

Minha tia abraçava o travesseiro de Natália e não disse nada, eu é que adivinhei. Afundei a cabeça no meu próprio travesseiro e comecei a soluçar. *Isso não está acontecendo*, pensei.

Não. Não. Não. Não. Não. Não. Não.

Tia Rosana, percebendo que eu estava acordada, veio até minha cama. Choramos abraçadas por um longo tempo. Não vi quando meu tio entrou no quarto.

"Precisamos ser fortes", ele disse, participando do nosso abraço úmido.

Era possível? Como eu viveria sem Natália? Fui tragada para o lugar onde todos os que recebem esse tipo de notícia se encontram. Nossos primeiros pensamentos são variações do mesmo lamento. *Não. É muito cedo. Por que ela e não eu? Por quê? Por quê? Por quê?*

Eu queria que nada daquilo fosse verdade. Queria com toda a força. Apertava os olhos esperando acordar em uma realidade onde um homem não entra em uma escola para matar todo mundo e onde Natália está viva.

Depois do *Por quê?*, vem o ciclo do *E se? E se ainda houvesse uma bala no revólver quando ele apontou para mim? E se eu tivesse levado o tiro? E se eu não tivesse escorregado na poça de sangue?* Por trás desses pensamentos, havia uma ideia traiçoeira.

70

Dez de abril amanheceu ensolarado demais para um velório. Eu queria um dia cinza, talvez alguma chuva, um sinal qualquer da comoção de Deus. Nada nunca seria como antes, porém tudo parecia rigorosamente igual. Os pássaros cantavam, os carros buzinavam, os vizinhos brigavam. Como se isso não fosse o bastante, o sol brilhava e fazia 35 graus no Rio de Janeiro. Eu tinha vontade de gritar: *Por favor, Senhor, tenha um pouco de respeito.*

Esperei na calçada enquanto meus tios se ocupavam dos trâmites legais. A ladeira continuava descendo numa suave curva à esquerda. O bairro acordava devagar, pois era domingo. A presidenta Dilma havia decretado luto oficial de três dias. Sexta e sábado correram no mais completo silêncio. Ou então era eu que não prestava atenção e não ouvia mais nada, o fato é que só reparei a primeira música alta na vizinhança por volta das 10 horas daquele domingo. Era uma famosa música *gospel*. E depois veio o samba e depois o *funk* e logo parecia um domingo qualquer. *Como eles se atreviam?*

Esforcei-me para ver se havia algo diferente e, aos poucos, reparei em detalhes. Não tinha certeza se o muro quebrado já estava quebrado antes ou se Estrela sempre teve aquela mancha na testa. Eu parecia enxergar as coisas pela primeira vez. Eram-me familiares e, ao mesmo tempo, desconhecidas. Percebi que tudo o que eu já tinha visto centenas ou milhares de vezes existia agora sem Natália e, portanto, era para mim algo novo. Daquele dia em diante, eu precisava ter o meu próprio olhar e compreensão das coisas, pois elas já não sofreriam a influência de Natália. Senti-me terrivelmente só.

Enquanto corriam atrás da papelada do enterro, tio Mário e tia Rosana não tiveram muito tempo para pensar. A burocracia é um poderoso anestésico. Eu também me sentia entorpecida. No entanto, minha tranquilidade era frágil e se abalava sempre que algum pensamento repentinamente machucava. Por exemplo, quando chegamos ao cemitério, lembrei que foi ali que Natália passou seu aniversário de 10 anos, quando fugiu de casa. Não suportei a lembrança dessa coincidência tão cruel e comecei a chorar. Ou então me comovia com o voo de uma borboleta ou porque a grama era muito verde ou porque vi Bruna e a avó chegarem.

Quando acontecia, logo alguém me abraçava e delicadamente pedia para eu parar de chorar. *Você tem que ser forte para consolar sua tia.* Isso me deixava ainda mais triste, e então eu chorava porque era fraca e não podia ajudar tia Rosana. Era ela, na verdade, quem me amparava. Secava minhas lágrimas e me abraçava, acariciava meu cabelo. Tia Rosana me cobria de carinho como se assim pudesse afagar Natália. Apresentava-se do jeito que sempre foi: um bloco de concreto. Mas, quando a visão do caixão branco despontou na capela, minha tia desmoronou.

71

Nada é mais conclusivo do que um caixão. É por isso que somos obrigados a observá-lo por horas e horas antes do enterro. Querem ter certeza de que nós estamos compreendendo bem o que está acontecendo. Você não pode mais se enganar, não tem para onde fugir. *Você está entendendo, querida? Aquela pessoa morreu e será enterrada. Você está entendendo?*

Isso explica por que até os mais antigos povos do mundo têm seus ritos de despedida. Eles doem, mas são necessários. Sei que temos que passar por isso para podermos nos virar depois e continuar vivendo. Mas uma coisa é o que você sabe e outra coisa é o que você sente. Se me pedissem para escolher entre presenciar o funeral de Natália ou passar o resto da vida lavando a escadaria do Cristo Redentor, eu teria imediatamente pegado um balde com água e sabão.

Tia Rosana não arredou o pé do caixão. Eu nem cheguei perto. Não queria ver Natália morta. Tio Mário andava de um lado para o outro. Às vezes, entrava em desespero, beijava Natália e conversava como se ela pudesse ouvir e responder. Às vezes, circulava entre desconhecidos dizendo: *É a vontade de Deus, fazer o quê? Deus quis assim.*

Até que chegou o momento em que a angústia se tornou insuportável. Li que existem ferimentos tão dolorosos que o cérebro desliga os nervos do local para que você não morra de dor. Parece que é assim quando se perde um braço ou uma perna, não sei. Mas foi assim comigo no enterro de Natália. De repente, não senti mais nada, como se tivessem me arrancado um dos membros, o que, pensando bem, era exatamente o que estava acontecendo.

Deixei-me levar pelos pensamentos mais absurdos. Por exemplo: *qual é a da coroa de flores? Por que colhê-las? Para que no dia seguinte caiam murchas? É uma celebração da morte com morte? E as flores de plástico, são boas substitutas?* Vi que ficam brancas e feias e, portanto, não são eternas. De tempos em tempos, os funcionários do cemitério as recolhem e jogam no lixo, onde permanecem por centenas de anos. Deveríamos ser resistentes como plástico. Enfim, me distraí com pensamentos dessa natureza. Foi assim que sobrevivi ao funeral de Natália.

72

Aquele terrível domingo acabou quando chegamos em casa. Meus tios se trancaram no quarto e acordaram 20 horas depois. Eu fiz o mesmo. Por algum tempo, realizamos apenas as tarefas que não exigiam muito esforço: tomar banho, lavar louça, preparar comida, comer, dormir. Limitamos nossa existência a uma vida mecânica, a única possível. Tanto que aqueles primeiros dias sem Natália me parecem confusos e apagados. Lembro-me apenas da conversa que tive com minha mãe. Só nos falamos na segunda-feira porque meu tio ligou para ela. Isso não me surpreendeu. O que me chamou atenção é que *eu* não havia me lembrado dela.

Tio Mário me passou o celular dizendo apenas:

"Sua mãe."

"Oi, mãe."

Ela estava chorando.

"Está tudo bem, mãe. Não fica assim."

Murmurava palavras incompreensíveis. Aguardei na linha até que se acalmasse.

"Eu não conseguia falar com você. Como que você me faz uma coisa dessas?"

"O que, mãe?"

"Acontece tudo isso e você some? Não me liga? Nada? Meu Deus, eu quase morri do coração."

"O telefone de casa não tá funcionando."

"E eu não sei? Tô há quatro dias pendurada nesse telefone ligando pra você."

"Você não tem o número do tio?"

"Não! Anotei agora porque ele me ligou pra dizer."

Voltou a chorar. Eu deveria ter ligado para ela.

"Desculpa, mãe. É que tudo aconteceu tão rápido."

"Você está bem?"

"Sim."

"Ai, meu Deus, Maria Laura. O que foi que aconteceu, minha filha? Eu preciso te ver. Não posso ir agora porque as coisas estão complicadas aqui. Comecei a trabalhar este mês e ainda não posso pedir folga. Mas eu prometo pra você que vou dar um jeito. Assim que eu puder, vou aí ficar com você. Não vou demorar. Eu juro."

"Tá bom."

"Eu te amo muito, minha filha."

Chorou mais uma vez. Quando se acalmou, pediu para falar com minha tia. Ela estava na cozinha, lavando os legumes. Enxugou a mão no pano de prato, respirou fundo e pegou o telefone. Eu fiquei por perto para ouvir a conversa. Peguei um copo de água e depois uma maçã.

"Oi, Roseli."

"Sim."

"Obrigada."

"Sim."

"Fazer o quê, minha irmã? Foi a vontade de Deus."

"Sim."

"Eu sei."

"Hmmm."

"Não, não. Não se preocupe com isso."

"Tá bom. Mas isso tá fora de cogitação. Ela vai ficar aqui."

Saí da cozinha antes que minha tia desligasse o telefone. Eu já tinha entendido tudo. Minha mãe queria que eu fosse morar com ela.

73

Meus tios extraíam da fé uma força inacreditável. Não os vi chorar uma única vez depois do enterro, e quando falavam de Natália o faziam com uma emoção sem lágrimas. Eu me sentia tensa sempre que algo do cotidiano nos fazia lembrar dela. Sua música preferida, a manteiga com geleia no pão, a revista que ela assinava, uma roupa no varal. Nesses momentos, prendia a respiração e me perguntava: *Eles vão chorar?* Às vezes, o golpe era tão repentino e grosseiro que eu não tinha dúvida: *Agora eles vão chorar.* Como quando chegava uma correspondência em seu nome ou uma foto sorridente nos pegava desprevenidos. Mas não, eles nunca choravam.

Uma semana depois da morte de Natália, nossa igreja realizou um culto especial em sua memória. Suas fotos eram exibidas no telão, as pessoas contavam as melhores histórias e lembranças. Cantamos seus hinos preferidos. Houve uma rápida e comovedora apresentação do seu grupo de flauta. Foi lindo. Mas a fé que me invadiu aquele dia na sala de casa e me fez oferecer tudo o que eu tinha em troca de Natália, essa fé já não existia mais. Observava meus tios de olhos fechados, mãos para cima, orando de todo coração, e sentia inveja. Aquele conforto estava fora do meu alcance. Não é que eu tenha deixado de acreditar na existência de Deus, porque eu acredito. Só acho que é tudo muito complicado.

Aquela sensação que eu já tinha experimentado quando Bingo foi atropelado e depois quando aquele homem entrou atirando em nossa escola, se tornou, com a morte de Natália, definida na minha cabeça. Deus era um ser ocupado. Não podia cuidar de cada um de nós individualmente, dos nossos microproblemas, como doenças graves e catástrofes naturais. Ele precisava se preocupar com os macroproblemas, como a expansão do Universo e a perpetuação das espécies. Meu professor Alfredo tinha razão, o mundo era um caos, tínhamos que aprender a cuidar de nós mesmos.

74

Naquela semana, acordei com uma resolução. Eu simplesmente abri os olhos e sabia o que precisava fazer. Não acho que tenha sido um impulso qualquer, pelo contrário, acho que essa ideia foi aos poucos se formando na minha cabeça, como as linhas de crochê de Mariângela, que se entrelaçam inconscientes de si até que, alguns dias depois, se completam e se revelam diante de nós.

Tudo começou com os trechos entreouvidos daquela conversa. *Tá bom. Mas isso tá fora de cogitação. Ela vai ficar aqui.* A resposta da minha tia mostrava que havia outra possibilidade. Havia uma vida que não era aqui, mas em outro lugar, junto de minha mãe. Mas eu não teria realmente considerado isso se não fosse o que aconteceu certa noite.

Eu não conseguia dormir porque sonhava muito com Natália e esses sonhos eram dolorosos. Ela morria sempre e de variadas formas. Às vezes, estávamos no meio de um terremoto, cada uma isolada em seu próprio continente. Outras vezes, ela estava em um avião, que caía no mar, e eu a observava de longe, sem poder ajudar. Às vezes, morria em meus braços, se esvaindo em sangue. Nessas noites, acordava gritando. Mas nem sempre havia violência. Em alguns sonhos, ela se afastava na neblina, até sair de vista, ou então desaparecia aos poucos, ficando translúcida e imaterial até sumir completamente. Então eu chorava baixinho e tentava não acordar meus tios para poder sofrer em paz.

Comecei a ter medo de dormir e passava noites em claro, literalmente, porque acendia a luz e ficava olhando para o quarto. Até que um dia, porque eu estava cansada ou porque estava ficando louca, senti que estava sendo observada. Não por uma presença humana, mas pelas *coisas*. As coisas de Natália, a cama, o guarda-roupa, a estante de livros, os próprios livros, de repente ganharam vida e me encaravam. Como naquele filme do castelo encantado, elas tinham olhos e bocas e expressão, e não qualquer expressão, mas uma cara verdadeiramente horrível. Elas não me queriam ali. *Intrusa*, elas diziam. Não com a boca, porque não tinham voz, mas com a cara feia e com o olhar. *Cadê a Natália?*, elas me perguntavam. No dia seguinte, quando a primeira luz da manhã entrou no quarto, eu já não estava ali. Peguei minhas coisas e fui embora.

75

Meu plano era chegar até a rodoviária e pegar um ônibus para a cidade de Americana, onde minha mãe morava. Eu tinha um envelope com seu endereço e 300 reais. Nada me impedia. Às 5 da manhã, eu estava em um 393 lotado, sentido Candelária, segurando uma pequena mochila. Vi o sol nascer sobre a Avenida Brasil. Não sei dizer se os outros passageiros viram. Eles pareciam ter um problema de visão. Aquela cena bem na nossa frente, mais bonita do que qualquer quadro de museu, e por que não estavam olhando?

Observei cada um e me perguntei como eram suas vidas. Será que eram casados? Tinham filhos? Tinham dinheiro para pagar as contas? Eram saudáveis? Será que alguém ali já perdeu um braço, uma perna ou um ente querido? Alguém sofria como eu? Tive vontade de gritar: *Socorro!* Quem sabe eles sentiam o mesmo e poderíamos nos abraçar e chorar? Quem sabe um deles me contaria uma história ainda mais triste? Eu precisava de uma nova Maria Louca, alguém que fizesse a minha dor parecer menor e suportável. Então escolhi a senhorinha que acabava de acordar e olhava pela janela, com a cabeça encostada no vidro.

Era uma senhora negra, pequena, enrugada e toda dobrada sobre si. Tinha uns pelinhos no queixo e duas orelhas enormes, onde usava brincos de madrepérola. Imaginei que era tão velha, mas tão velha que já não lhe restava ninguém vivo para amar. Ela estava sozinha no mundo. Mas porque estava aqui e porque tinha saúde, seguia em frente e não fazia perguntas.

Cheguei à rodoviária por volta das 7 da manhã. Perguntei onde poderia comprar uma passagem para Americana e vaguei de um guichê para outro até que finalmente achei. Custava 120 reais e sairia às 9 da noite. Eu teria que passar o dia inteiro na rodoviária e a noite inteira viajando e, então, no dia seguinte, naquela mesma hora, estaria chegando à casa da minha mãe. *Tudo bem*, pensei. *Tenho tempo.*

As pessoas na rodoviária não tinham. Andavam ligeiro, esbarravam umas nas outras e pareciam não enxergar nada. Mais de uma vez, fui abordada por crianças pequenas me pedindo lanche. Estavam sujas e reclamavam de fome. Quando a solidão das pessoas me pareceu insuportável, baixei os olhos e olhei para os meus pés. Eu usava um par de tênis *All Star* branco que já pedia para ser lavado. Depois desviei minha atenção para as mãos, onde havia vestígios de um esmalte rosa chiclete. O esmalte que tia Rosana escolheu para pintar minhas unhas no dia do meu aniversário. Sorri pela primeira vez.

Gastei todo o restante do meu dinheiro com o táxi. Queria voltar antes que percebessem minha ausência. Eu me dei conta, enquanto voltava para casa, de que não me restava outra coisa a não ser viver. Ainda não sabia como fazer isso sozinha, mas tinha que tentar, e algo que encontrei em seguida me ensinou o caminho. Chegando ao quarto, me deitei na cama de Natália e inspirei seu cheiro, mantendo-o dentro dos pulmões por muito tempo. Então, senti um bloco sólido sob o travesseiro e levantei o lençol para descobrir o que Natália escondia ali. Era o seu caderno.

PARTE II
FIM DA INFÂNCIA

1

Rio de Janeiro, 23 de janeiro de 2011

   Querida vovó,

   Quero lhe contar um segredo. É sobre a família Leão. A família Leão vive em um bonito castelo, o mais bonito, pois são os reis da floresta. Lá só tem do bom e do melhor. Eles não sabem como é bom manteiga com geleia e por isso enchem o pão de uma pasta de chocolate com avelã. Eu provei uma vez e não vou dizer que é ruim, mas não é gostoso como manteiga e geleia. A pequena leoa passa os dias se banhando no lago. Ela não tem mais o que fazer e também não pode inventar porque lhe falta imaginação. Não por culpa dela, coitada. É que sempre lhe atiraram mais comida do que podia comer e mais brinquedos do que podia brincar. O que lhe restava senão se deitar e não fazer nada? A mamãe leoa vive muito ocupada com o bebê leão. Ele está aprendendo a rugir e não lhe dá trégua. Mas a mamãe leoa não reclama. Seus pequenos felinos são tudo o que há de mais especial na floresta. "Somos mais fortes", ela diz. "Todos os animais devem nos fazer reverência." É uma grande mentira e, por isso mesmo, bastante convincente. Foi assim que a família Leão se tornou realeza. O papai leão está sempre fora do castelo, em busca de caça. Tem que se ter muito cuidado com ele porque, quando você se afasta do bando, ele ataca.

   Com amor,
   Natália

2

Fui surpreendida pela força daquelas palavras. Engoli tudo sem mastigar, me engasguei, quase morri. Eu tinha fome de Natália. Podia ver minha prima diluída em cada linha. Os objetos do quarto, as fotos, até minhas memórias, essas coisas me diziam que Natália viveu. Por isso os pais não mexem no quarto dos filhos. Por isso os mantêm intocados durante anos. Se um dia eu achei isso esquisito, é porque era boba e não sabia de nada. O quarto de uma pessoa é um atestado de sua existência. Mas o caderno era mais do que isso. O caderno tinha uma voz.

Eu costumava olhar para o vazio procurando Natália. Fitava o espaço desocupado de sua cadeira na mesa da cozinha, por exemplo, e podia vê-la na minha frente. Consigo recriar cada detalhe. O cabelo sempre penteado para trás, o pompom de cachos no alto da cabeça, a pinta em forma de coração no pescoço comprido, o olhar estreito, a boca empinada, o nariz desafiador. *Tá olhando o quê?*, ela me dizia. Mas essa frase era um silêncio. Podia olhar sua boca mexendo, mas nada saía lá de dentro. Eu não conseguia imaginar a voz de Natália na minha cabeça. Com o caderno, era diferente. Eu podia ouvi-la narrando aquela carta. Eu podia ouvi-la novamente e isso estremeceu meu coração. Tinha o caderno nas mãos e não sabia o que fazer com ele. Minha fome era tanta que eu queria ler tudo de uma vez. Mas sabia que depois não me restaria nada, pois em algum momento as cartas acabariam. Esse pensamento me fez sofrer. Eu não podia suportar a ideia da voz de Natália silenciando para sempre. Fechei o caderno e o devolvi ao seu esconderijo.

Enquanto isso, trabalhadores da Prefeitura limpavam a escola. Imagino o trabalho que tiveram. Todo aquele sangue seco nas paredes e no chão. A pior mancha. Não sai nunca. Mesmo quando desaparece, ainda está lá, insistente, invisível. Sei disso porque tia Rosana deixou minha camiseta de molho por vários dias. Volta e meia a encontrava debruçada sobre o tanque, muito concentrada na tarefa. Aplicava produtos de cheiro forte ou tentava com limão, bicarbonato, vinagre. Minha tia esfregava a camiseta durante horas. Ficava vermelha com o esforço, apertava os lábios, o suor escorria nas bochechas, no pescoço. Cansada, devolvia a camiseta ao tanque para mais um dia de molho. O trabalho não acabava nunca.

Cada um lambe a ferida à sua própria maneira. Havia quem preferisse permanecer na porta da escola. À noite, acendiam velas, que eram retiradas com as flores mortas pela manhã. Ao longo daqueles dias, a vigília cresceu. Surgiram cartazes, cartas, desenhos, fotos. Doze cruzes foram apoiadas ao muro. Doze folhas de papel mostravam 12 nomes. Nesse templo público, as pessoas se encontravam e compartilhavam suas dores. Mariângela ia até o local com frequência e voltava nos contando as novidades. *Hoje colocaram um ursinho para Natália. Tava cheio de flor. Hoje tinha uma cartinha. Hoje acenderam velas. Tinha uma menina lá chorando.* Eu acompanhava com interesse, mas não me passava pela cabeça ir até lá.

Começou a circular o boato de que a escola seria fechada. Por um breve período, nossa revolta se voltou contra aquele prédio de repente tão frágil. Como um atirador pôde invadi-lo com tanta facilidade? Houve então uma discussão sobre a necessidade de melhorar a segurança nas escolas. Alguma coisa tinha que ser feita. Um jornal local mostrou como repórteres conseguiram infiltrar-se no pátio interno de qualquer escola do Rio: das 17 testadas, entraram em dez. No entanto, as soluções esbarravam em dificuldades de todo tipo: técnicas, burocráticas, logísticas e em especial financeiras.

Eu passava meus dias trancada em casa, ocupada com tarefas domésticas. Por isso compreendo a cruzada de minha tia contra a camiseta manchada. Digo mais: me identifico. Eu não queria sair. Não que eu tivesse medo de sair. Tinha um pouco, mas gostava de pensar que estava ocupada demais. Havia uma pilha de louça para lavar, uma geladeira para descongelar, alimentos para organizar, roupa de cama para passar, toalhas para lavar, e quando não havia nada para fazer eu inventava. Tirava pó onde não tinha pó e varria o que já estava limpo. Estava sempre atrás de algo para arrumar, como se assim pudesse pôr em ordem também o que havia dentro de mim. Eu estava uma bagunça.

3

Naquela semana, a escola convocou pais e familiares para uma reunião. Caminhei pela calçada durante muito tempo. Li todos os cartazes, vi todos os desenhos e fotos. Estava olhando tudo pela segunda vez quando um bilhete me chamou atenção. Era uma página arrancada de caderno espiral, de qualquer jeito, sem cortar as arestas.

Olhei em volta, me certifiquei de que ninguém me via e guardei o bilhete no bolso. Aquele ato me deu coragem de continuar o que eu tinha ido fazer ali: entrei na escola. A reunião acontecia na quadra de esportes. Quando chegamos, já não havia lugar para sentar. Ouvimos, em silêncio, os planos da escola para o futuro. As aulas recomeçariam gradativamente. Por enquanto, as paredes seriam pintadas, mas para o próximo ano o município liberaria uma verba para reformar tudo. Haveria um novo prédio, muito moderno, com novas salas e novos móveis e novos livros e novos computadores. Seria tudo novo e lindo.

Bruna não estava na reunião. Não havia mais ninguém com quem gostaria de conversar e eu já estava ansiosa para voltar. Porém, meu tio recebia palavras e abraços e demorava. Eu me afastei por um momento, ensaiando um passeio pela escola, mas parei junto à porta de acesso às salas. Reconheci de longe a mãe de uma amiga. Estava saindo da secretaria e abraçava uma mochila cor-de-rosa. Sentou-se no chão do corredor, abriu o material da filha e organizou cada coisa lado a lado: lápis, canetas, cadernos, um sanduíche ainda intacto embrulhado em um guardanapo. Ela parecia fraca, fazia tudo lentamente.

Depois voltou a guardá-los dentro da mochila: cada lápis, caneta e caderno. Deixou de fora apenas o sanduíche, que já devia ter estragado. Quando passou por mim a caminho da porta, vi que trazia na mão o sanduíche em pedaços. Estava chorando enquanto o comia.

Meu estômago revirou. Entrei na secretaria.

"Oi, minha querida. Aqui está o seu material", disse dona Tânia, colocando a mochila sobre o balcão suavemente, como se ela carregasse um material muito frágil que poderia se quebrar a qualquer momento.

"Vim buscar as coisas de Natália."

Ela procurou entre as mochilas que abandonamos naquele dia e que agora estavam agrupadas e organizadas em sua sala.

"Não estou encontrando. Você consegue reconhecer as coisas dela?"

Acenei a cabeça em sinal negativo e coloquei minha mochila nas costas. Não era frágil o que havia ali dentro, mas sem dúvida pesava.

"Não conseguimos recuperar tudo. Me desculpe, querida", ela disse.

Saí da secretaria e me vi sozinha no corredor. De repente, eu me senti pequena entre paredes imensas. Tudo ao meu redor tinha dobrado, triplicado de tamanho. Mesmo sentindo muito medo, caminhei para a frente. Não queria alarmar ninguém. Porém, quanto mais eu andava, mais a porta parecia se afastar. O pátio estava longe e não chegava. *Não posso correr*, eu pensei. *Eles vão se assustar. Vão pensar que está acontecendo alguma coisa. Não posso correr.* Subitamente, tio Mário apareceu na porta. Estava pálido, parecia assustado, como um pai que perde a criança no supermercado. Voltamos em silêncio.

Chegando em casa, reparei que a camiseta ainda estava de molho no tanque. Tio Mário sentou-se na poltrona e abriu a Bíblia. Tia Rosana se encarregou do almoço. Entrei no quarto e ele estava vazio, como sempre. Deitei na minha cama e fechei os olhos, cansada demais para dormir. Minha tia passou pelo quarto e falou pra eu não me deitar na cama de roupa suja, mas não ouvi. Também estava cansada demais para pensar. Virei-me de lado e fiquei olhando para o papel rosa todo cheio de fotos que Natália fez para o meu aniversário. Então, me lembrei do que trazia no bolso e abri outra vez o papel. Estava amassado, com aquelas arestas todas espigadas. Tentei alisá-lo esfregando na calça *jeans*. Ainda tinha um resquício de fita adesiva com o qual foi colado no muro da escola. Apertei contra o mural, junto à foto mais recente de Natália, mas em seguida o papel descolou e caiu no chão. Peguei uma fita adesiva nova, fiz um rolinho e o preguei novamente. Desta vez, ficou lá, o bilhete de Murilo dizendo: *Natália, te amarei pra sempre.*

4

Rio de Janeiro, 6 de fevereiro de 2011

Murilo,

Na primeira vez que você sorriu para mim, eu fiquei tão nervosa que deixei cair meus livros. Eu tinha deixado o material na minha mesa e voltei para buscar. A sala estava vazia. Quer dizer, você ainda estava lá. E, quando você sorriu para mim, eu não soube o que dizer. Acho que nunca estivemos sozinhos daquele jeito antes e você me sorriu. Que sorriso lindo que você tem. Tentei sorrir de volta, mas com certeza estava assustadora. Suada, descabelada, mais feia do que nunca. Peguei meus livros, mas as mãos tremiam e derrubei todos sobre o pé. "Se machucou?", você perguntou. Quase morri de vergonha. Você bem que podia ter fingido que não viu, como um menino normal. Mas não. Você se levantou e me ajudou a juntar os livros. Depois, não satisfeito, tocou de leve a minha mão e disse: "Sabe que dia é hoje?" Eu não sabia. Será que era seu aniversário? Será que era o meu aniversário? Eu não sabia. Eu não sabia. Eu não sabia. Mas não queria dizer porque não queria parecer burra. Então eu disse: "Claro". E saí correndo em disparada. Deixei os livros lá. Corri até não poder mais. Me faltava o ar, me faltava a vontade de viver. O que eu tinha feito? Que cena ridícula! Me encostei atrás da árvore do namoródromo e pensei: Como é que eu vou sair dessa? Foi então que eu vi. Alguém havia *feito um talho na casca da árvore e desenhado um grande coração. "Eu sei que dia é hoje", disse em voz alta. "Hoje é Dia dos Namorados." Caminhei vitoriosa para a sala de aula porque já havia tocado o sinal e também porque agora tinha motivos para acreditar que você gostava de mim. Passei a aula inteira tentando conter a alegria no meu peito. Eu olhava para você e você olhava para mim. Algo de especial estava acontecendo. No fim da aula, você deu um jeito de falar comigo longe de Laurinha. Você me disse: "Então?" E eu respondi: "Então o quê?", mas o que eu pensava era: "Então me dê um beijo", "Então namora comigo", "Então vamos nos casar daqui a dez anos". Mas não. O que você me disse foi: "Você me ajuda a escrever uma carta pra ela?" Foi isso o que você me disse. Então eu mandei você à merda. Não de verdade, mas dentro da minha cabeça. E não de verdade, porque eu não poderia, só de mentirinha. Só para não chorar na sua frente. Eu fiz o que você me pediu, mas não tive coragem de ir até o fim. Me desculpe. Não falei a verdade sobre a carta porque eu não quis facilitar mais nada pra você. Amar a Laurinha é muito fácil, Murilo. Quem é que não a ama assim que bota os olhos nela? Quero que você tome o caminho mais trabalhoso. Eu quero que você me ame.*

Com amor,
Natália

5

Onze dias depois do Pior Dia de Todos, as aulas recomeçaram. Recomeçar não é a palavra mais adequada. Quando acordei naquela manhã, eu ainda não tinha forças para começar nada do zero, pois tudo o que eu podia fazer era *continuar. A vida continua.* O que isso significa? O que eu tinha que fazer para continuar vivendo? Ou não tinha que fazer nada? Viver é como respirar? Algo que fazemos, simplesmente, sem nunca ter aprendido como, sem nem mesmo notar? *Viver é respirar?* Minha intuição dizia que não, que não era só isso, mas, no momento, aquilo me pareceu o bastante. Continuar respirando era pelo menos algo possível. Fiquei deitada de olhos fechados e tentei me concentrar apenas em minha respiração.

Ouvi tia Rosana na cozinha. Ela andava ocupada com a casa e com a loja. Já tinha voltado à sua Singer. Eu inventava desculpas para ficar por perto. Gostava de vê-la trabalhando. Quando a cliente chegava, minha tia tirava suas medidas e eu as anotava num papelzinho. Ela passava dias curvada sobre a máquina de costura recriando aquele corpo com seda, organza, tafetá, renda ou veludo. Depois de pronto, exibia os vestidos em um manequim sem cabeça, onde pareciam sempre muito mal-ajambrados, pois não foram feitos para aquele recheio. Quando suas donas chegavam, ganhavam vida. O caimento era sempre perfeito. Dificilmente minha tia tinha que fazer ajustes. Muitas vezes, trabalhava até tarde da noite. Meu tio reclamava, dizia que ela ficaria com a vista cansada, com a coluna torta, mas minha tia era inquebrável. Mantinha-se de pé sobre pernas firmes, era precisa quando riscava o tecido com giz. Lembro de quando vimos uma agulha lhe atravessar o dedo há muitos anos. Ela nem fez careta. Chupou o sangue do dedo e disse algo como: *Até casar, sara.* Quando Natália e eu nos machucávamos, ela dizia a mesma coisa. Hoje eu sei o que a expressão quer dizer. Significa: o tempo cura.

Certo dia, assim que voltou a trabalhar no ateliê, minha tia levantou os olhos da máquina de costura e me fez uma pergunta inesperada.

"Como a Natália estava antes de morrer?"

Aquilo me atingiu com a força de mil agulhas. Não respondi.

"Você estava com ela."

O que eu poderia dizer? Pensei na gritaria, pensei em todo aquele sangue, pensei na minha calça mijada.

"Estava calma", respondi.

"Ela disse alguma coisa?"

Então eu me lembrei.

"Ela recitou o salmo 23."

Tia Rosana sorriu e continuou a costurar.

Então eu estava na cama, naquela manhã de reinício das aulas, pensando em como poderia dizer para tia Rosana que eu tinha desistido, que não voltaria mais à escola, quando ela entrou no quarto e disse:

"Vamos."

Ela trazia a camiseta do meu uniforme, lavada mil vezes, passada e dobrada. Abriu a cortina e sentou-se na cama.

"Tenho uma novidade."

Alguma coisa na voz dela, ou foi o jeito de levantar o queixo, empinar o nariz, não sei dizer, mas alguma coisa em tia Rosana me pareceu uma manifestação de Natália.

"Me matriculei na turma de adultos da sua escola", disse. "Vou voltar a estudar."

6

Naquele primeiro dia, não tivemos aula. Passamos toda a manhã fazendo desenhos no muro. Os professores nos pediram para expressar palavras de força e esperança. O desenho de Bruna me comoveu: doze crianças correndo atrás de uma borboleta em direção ao céu. Peguei os pincéis, as tintas e pensei no que eu desenharia. Escolhi tinta amarela e tentei fazer o rosto de Natália. Comecei desenhando um círculo, depois as orelhas, e em seguida o nariz arrebitado. Fiz os olhos, a boca sorrindo. Me afastei para ver melhor como estava ficando. Não gostei. Sentei-me em um banco, de onde observei meu desenho, procurando uma maneira de torná-lo mais parecido com Natália. Estava perdida nesses pensamentos, quando senti um toque leve no meu ombro e dei um salto. Era o professor Alfredo.

"Sabia que você viria", ele disse.

Tentei sorrir. Estava feliz por vê-lo. Estava feliz por vê-lo feliz em me ver.

"Como você está?", perguntou.

Respondi apenas encolhendo os ombros, como quem diz: *E como é que eu poderia estar?*

"Nosso combinado ainda está de pé? Estou ficando velho. Vou precisar de uma boa médica."

Evitei seus olhos. Percebi que ele tinha chorado, e isso me deixou desapontada.

"Vou estudar quatro vezes mais."

Tentei dizer isso com convicção, embora eu já não tivesse tanta certeza.

"Trouxe uma coisa para você", ele disse, me estendendo um pequeno pacote de presente.

"Obrigada", respondi, sem abrir.

Depois de um silêncio que durou não sei quanto tempo, ele se despediu.

"Quero que me procure sempre que precisar. Deixei meu telefone, meu *e-mail* e meu endereço. Se quiser ajuda ou tiver uma dúvida, ou qualquer coisa, me procure. Tá bom?"

Isso não me caiu bem. Perguntei-me se ele estava deixando a escola, se estava me abandonando. Mais tarde descobri que sim, ele estava. Naquele momento, não tive coragem de falar nada, de forma que essa ideia permaneceu apenas como uma suspeita fortíssima. Só depois que foi embora abri o pacote. Era um livro. Um pequeno exemplar de bolso. *As Consolações da Filosofia*, de Alain de Botton. O sumário dizia que havia conselhos para impopularidade, para quando não se tem dinheiro suficiente, para a frustração, para a inadequação, para um coração partido e para as dificuldades. Sem dúvida, era um livro para mim. Na primeira página, o professor Alfredo escreveu, com letras de fôrma:

ACREDITE NA CURA PELA LEITURA.

Em seguida, anotou seus contatos. Fiquei furiosa. Levantei-me de supetão e o procurei. Queria dizer muitas coisas. Fui movida por uma força brutal. Só Deus sabe o que eu faria se realmente tivesse encontrado o professor Alfredo. Porém, não o encontrei. Não o vi nunca mais. Em vez disso, esbarrei com meu desenho incompleto: um nariz em forma de L, um rosto em forma de O, os olhos eram dois pontos e a boca, um sorriso de meia-lua. Traços que nunca seriam os de Natália. Abri novamente a tinta e cobri tudo de amarelo. Desenhei um sol.

7

Rio de Janeiro, 8 de fevereiro de 2011

Mamãe,

Durante aqueles 20 dias em que você esteve longe, sofri. Nunca senti tanto medo na vida. Estava pela primeira vez sem a minha pedra da sorte e percebi como ela faz falta. Eu a encontrei em Barra de Guaratiba, na pedra mais alta da praia. Era uma pedrinha redonda e preta que me chamou atenção em primeiro lugar porque brilhava muito e depois porque, assim que a segurei na palma da mão, senti logo que era especial. O medo da altura sumiu e eu voei.

Daquele dia em diante, passei a carregá-la comigo. Quando descobrimos que você estava doente, muitas vezes tive que apertar a pedra com força, tentando me convencer de que não era nada grave e que você ficaria bem. Porém, não funcionou. Comecei a perceber que a pedrinha não tinha mais nenhum efeito sobre mim. Então pensei: é minha mãe que precisa dela, não eu.

Escondi a pedra em sua mala. Deixei-a dentro do bolso do casaco de inverno que você nunca usou, mas esperava usar todos os dias porque São Paulo é uma cidade fria. Depois acompanhei o jornal à noite e sempre diziam que fazia calor, às vezes até mais do que no Rio, e comecei a me preocupar com a possibilidade de você não usar o casaco, da pedra não dar sorte e de você não voltar mais.

Essa ideia me sufocava. Quando Mariângela fazia comida, eu perdia a fome. E, sempre que exagerava para ser agradável, eu tinha vontade de usar com ela um daqueles palavrões sinistros que ela usa com o marido. Não gostava da atenção de Mariângela. Ela me dava a impressão de esconder más notícias. Quando aparecia com aquele sorriso escancarado, minha barriga chegava a doer.

Durante 20 dias me arrependi de ter escondido minha pedra da sorte no casaco de inverno. Eu tinha saudade do seu peso, do toque gelado e da sensação de segurá-la no bolso e acreditar que tudo ia dar certo. Quando você voltou, abri a mala e revirei tudo. Descobri que a pedra tinha desaparecido. Isso me perturbou durante meses. Eu me perguntava como a pedra tinha se perdido e qual era o significado daquilo. Só depois que você melhorou eu entendi: você é forte. Nunca precisou de uma pedra.

Com amor,
Natália

8

Os primeiros três meses foram os piores. Eu andava abatida e inventava desculpas para não sair da cama. Quando me deixavam sozinha, entrava escondida no quarto de tia Rosana e procurava entre suas coisas a pedra de Natália. Nunca achei. Mas um dia encontrei, no fundo do armário, seu pote de xampu pela metade. Já tinha notado que não estava mais no banheiro, mas não imaginava que tia Rosana o tinha levado para o quarto. Isso me deixou mal, eu me senti violando um espaço intocável. Deixei tudo como estava e não voltei a entrar no quarto de minha tia.

Havia dias em que eu não podia respirar. Várias vezes achei que estava morrendo. Outros dias, a tristeza se apresentava leve como poeira. Entrava pela janela, acompanhada de uma lembrança, não uma lembrança dolorosa e asfixiante, mas uma memória que me fazia sorrir. Também havia dias em que eu tinha ataques de riso e gargalhava até a barriga doer. Mas não nos enganemos. Por trás do motivo de tanta graça ainda existia o fato de que Natália não existia mais e, portanto, aquela alegria, que era na realidade uma tristeza, só estava ali para me fazer esquecer isso por alguns minutos. Não mais do que isso.

Muitas vezes senti raiva. O primeiro alvo foi o professor Alfredo. Depois que ele foi substituído, achei que nunca mais aprenderia nada, não entraria na universidade e nunca mais seria feliz. De fato, parei de estudar. No início, abria os livros, mas eles me faziam pensar em Natália e não do jeito bom. Porque sempre que lia algo interessante, tinha vontade de contar para ela. Queria gritar: *Natália, corre aqui, vem ver isso,* mas, como não podia, os mantive fechados. Estava completando aquele 8º ano mais ou menos do mesmo jeito que ingressei na escola: só de visita. Eu achava que apenas me sentar dentro de uma sala de aula novamente já era uma grande coisa, pois me custava levantar da cama e caminhar até a escola todos os dias. Eu chegava exausta e não me sobrava nada. Eu, que gostava tanto do meu material escolar e cuidava tão bem dele, que adorava caprichar na caligrafia e usava canetas coloridas para sublinhar e destacar as informações mais importantes, agora levava apenas um caderno e uma caneta Bic, com a qual não escrevia quase nada.

O substituto do professor Alfredo se chamava Robson. Não tenho como saber se era ou não um bom professor, sei apenas que o odiei desde o primeiro momento em que pisou na sala de aula. Os outros professores me conheciam desde o 4º ano. Não me cobravam os trabalhos e, se eu ia mal nas provas, as refazia com consulta. Eles seriam capazes de me dar dez só de olharem para a minha cara. Professor Robson, não.

Como o esperado, minhas notas em Ciências despencaram. Corria o risco de reprovar. Eu sabia o conteúdo daquele ano, pois o tinha estudado por conta própria havia muito tempo. Porém, quando fiz a prova que poderia recuperar minhas notas, não me lembrava de nada. Eu tentava me concentrar e nada me vinha à cabeça. Como sempre, fui a primeira da turma a entregar a prova, só que desta vez não porque tinha me saído bem, mas porque a devolvi em branco.

Saí da sala e caminhei pelo corredor. Dizia para mim mesma que aquilo não era nada, que eu voltaria a ser o que era antes, ou talvez nunca mais seria a mesma, mas me tornaria outra, completa, seria alguém de novo. Entrei no banheiro, me sentei no último vaso e fechei a porta. Queria me esconder, mas não sei de quê. Olhei a porta que havia sido recentemente pintada. Pensei na polêmica do 6º ano, toda aquela briga sobre Bruna ter ou não transado com Vinícius. Era aquela porta? Não conseguia me lembrar. Esses detalhes me escapavam. Destranquei a porta onde eu estava e procurei nas outras. A segunda estava pintada, a terceira, pintada, a quarta, pintada, a quinta, pintada e a sexta, também pintada. Aquele fragmento da nossa história estava perdido para sempre.

Voltei para a última porta e me tranquei novamente. Apoiei a testa na madeira que um dia foi azul e rabiscada e agora era cinza e nova. Percebi que estava chorando, primeiro em silêncio, depois muito alto. Bati na porta com violência. Então, bati de novo e de novo. Fiquei ali, batendo na porta, que na verdade era o professor Robson, porque não era o professor Alfredo; era eu mesma, porque estava chorando; era tia Rosana e tio Mário, porque não choravam e era, especialmente, Natália, porque salvou minha vida e me deixou aqui sozinha. Quando as palmas das minhas mãos doeram e não pude mais continuar, chutei. Depois me sentei e fiquei olhando a porta escangalhada, a maçaneta espatifada no chão.

9

Comecei a ver um psicólogo. Ele era o terceiro na ordem dos meus desafetos. Primeiro, o professor Alfredo, depois o professor Robson e só então o doutor Rafael. Durante os primeiros encontros, eu só falava dos dois primeiros, reclamava da covardia do professor Alfredo, do seu abandono e da sua falta de comprometimento com a escola e comigo, ou então desandava a criticar o professor Robson porque era feio, fraco e ruim e estava determinado a acabar com a minha vida. Rafael ouvia com atenção, mas falar mesmo, falava pouco. Nossas sessões aconteciam todas as terças, às 3 da tarde. Ele me recebia em uma sala muito pequena, pintada de lilás. Ao contrário do que eu imaginava, não parecia um consultório médico, mas uma sala comum, com alguns livros, um vaso de planta e duas poltronas. Havia entre nós um espaço de no máximo dois metros. Eu atribuía a isso o incômodo que eu sentia durante os 50 minutos da sessão. Nunca sabia para onde olhar, embora sempre tivesse o que dizer. Certo dia, depois de me ouvir atacar o professor substituto por mais de meia hora, o doutor Rafael comentou:

"O professor Robson é a primeira pessoa que você conhece nos últimos meses?"

Nos últimos meses era nosso código para *desde 7 de abril*.

"Acho que sim."

"Faça um esforço para lembrar", ele insistiu.

"Sim", respondi.

"Ele não conheceu sua prima."

"Não."

"Entendi", ele disse.

Vi que havia ali um fio solto e o puxei, como um gato desenrola um novelo de lã.

"Entendeu o quê?"

Ele coçou o nariz. Não ia me dizer.

"Acho que já disse por que não gosto dele. Ele é um péssimo professor."

"Só isso?"

"Os outros me ajudam e ele não."

O Doutor Rafael me observava em silêncio.

"Ele não é um pingo do que o professor Alfredo era."

Concordou com a cabeça.

"Ele não gosta de mim."

"Eu não acho que ele não goste de você", disse, finalmente.

"Ele não gosta. E ele nem me conhece."

"Se ele não a conhece, como ele pode não gostar de você?"

"Eu sinto que ele não gosta", respondi.

De novo, o doutor Rafael concordou com a cabeça. Não sei se ele sabe, mas sempre que faz isso está me dizendo que dei uma resposta errada. Tentei de novo:

"Ninguém gosta."

"Dele?", perguntou, fazendo um gesto com a sobrancelha levantada. Estávamos no caminho certo.

"De mim."

"Você acha que não gosta do seu professor novo porque ele só chegou agora e conheceu uma Maria Laura que você não gosta?"

"Sim."

"E cadê a Maria Laura que você gosta?"

"Morreu."

Essa é uma amostra do que conversávamos. Escolhi uma das melhores, para causar uma boa impressão, mas ele também falava um monte de besteiras. Por exemplo, teve o dia em que ele tentou me convencer de que eu não havia perdido Natália, pois ela viveria para sempre na minha memória. Disse que, para matar a saudade, *bastava* pensar nela. Que para o cérebro, pensar na pessoa amada e tê-la em carne e osso na sua frente era *a mesma coisa*. Naquele dia, saí do consultório furiosa. Uma pessoa, para dizer uma coisa dessas, com certeza nunca perdeu ninguém. Nunca olhou para uma cama vazia à noite, que continuava vazia pela manhã. Duvido que tenha guardado um frasco de xampu no quarto para abrir escondido, para chorar à vontade enquanto se ilude com o cheiro do cabelo da filha, inspirando profundamente aquele líquido, que na verdade não era nada e nem de longe reproduzia o perfume do cabelo de Natália. Definitivamente, ele não sabia que perder a pessoa amada não era apenas perder a pessoa amada, era também perder a si mesma. Tudo o que eu sentia era que não havia passado um dia sequer desde 7 de abril. Eu me perdi lá e não conseguia mais me reencontrar.

Durante esses três primeiros meses, não voltei a abrir o caderno de Natália. Tinha decidido que evitaria ao máximo recorrer a ele, economizaria sua voz, ele ficaria guardado no colchão a menos que fosse impossível respirar, ou seja, viver. Esse dia chegou numa segunda-feira. Quando acordei, já era tarde. Sabia disso porque não tinha mais cheiro de café na casa e porque a luz do quarto me feria, ou talvez não tenha sido a luz, mas o pensamento que me atingiu assim que abri os olhos: *Hoje é o aniversário de Natália. Hoje ela faria 14 anos.*

10

Rio de Janeiro, 17 de fevereiro de 2011

Marcela,

Escrevi uma história para você. É a história da princesa que não tinha um espelho.

Nem sempre nossa cidade foi quente desse jeito. Por muitos e muitos anos, ninguém sabia o que era verão, ou mesmo primavera ou outono. O Rio de Janeiro só conhecia o inverno. E não era qualquer inverno, não. Era um inverno tão rigoroso quanto o da Sibéria ou do Polo Norte. Nevava dia e noite e se formou por aqui um reino de gelo. A princesa desse reino se chamava Doralice. Ela possuía tudo o que o dinheiro pode comprar. Quando queria um bolo de chocolate, bastava pedir. Se queria que dentro desse bolo de chocolate tivesse um sorvete, com certeza seria desse jeito. Caso fosse de sua preferência ser servida desse bolo com recheio de sorvete por um pequeno pônei branco todo enfeitado com laços e fitas, assim seria. Doralice divertia-se fazendo os pedidos mais estranhos e assim passava os dias. Ter muitas coisas a deixava ocupada. Ela nunca tinha tempo de parar e pensar na vida. Foi por isso que ficou confusa quando encontrou, certo dia, a bruxa cega. A velha era muito respeitada no reino de gelo e não fazia mal a ninguém. Só a chamavam de bruxa porque era assim que tratavam as mulheres sábias naquele tempo. A bruxa cega perguntou a Doralice quem ela era. "Ora, sou

Doralice", respondeu. "Sim, querida, esse é o seu nome. Mas quem é você?", perguntou a bruxa. "Sou a princesa deste reino", disse Doralice, começando a ficar impaciente. "Que sorte a sua", disse a bruxa. "Mas isso ainda não responde quem você é." "E como é que eu vou saber?", respondeu Doralice, malcriada. "Bom, se você que enxerga não sabe, como é que eu vou saber?" Doralice deixou a velha falando sozinha e voltou a seus afazeres. Mas ela já não conseguia se divertir ganhando coisas novas e bonitas, porque nada mais lhe dava alegria. Aquela bruxa tinha colocado uma pulga atrás da sua orelha. Quem ela era, afinal? No banquete daquela noite, perguntou para o rei gelado: "Pai, como é que eu sou?" "Ah, filha. Você tem o cabelo longo e negro e os olhos são castanho-esverdeados, como a água do rio." De repente, Doralice sentiu uma necessidade urgente de enxergar a si mesma. "E como é que eu posso me ver?", perguntou. "Hmm... Talvez com um espelho. Mas não há espelhos no reino gelado porque aqui é muito úmido e eles estragam rapidamente", explicou o pai. "Eu quero um espelho", disse Doralice. "Agora!" O pai lhe disse que veria o que poderia ser feito. Encomendou um espelho de 1,5 metro de altura para que Doralice pudesse se ver de corpo inteiro. O trabalho foi feito pelo vidraceiro local, que explicou a Doralice: "Vossa alteza, ele só vai refletir por um dia, no máximo, e então vai enferrujar. Fiz o melhor que pude, mas a nossa umidade é realmente terrível." "Tudo bem", disse Doralice. "Um dia é o suficiente para eu me conhecer." Então Doralice passou aquele dia inteirinho examinando-se na frente do espelho. Viu como seu cabelo era preto e liso e caía pelos ombros como um veludo macio. Viu como a pele era dourada como mel e as bochechas redondas como maçãs. "Eu sou bonita", disse. Procurou a bruxa cega com o que julgava ser a resposta definitiva. "Eu sou bonita", disse Doralice. "Eu tenho olhos castanho-esverdeados como a água do rio, os cabelos pretos e macios como o veludo, a pele cor de mel e as bochechas redondas como maçãs." A velha deu um sorriso desdentado e lhe disse: "Nossa, você deve ser muito bonita. Mas ainda não é o que você é. Para me responder essa pergunta, antes você precisa se livrar do espelho, largar todas as suas coisas, esquecer o castelo, o rei e a rainha." "Mas aí não vai me sobrar mais nada", disse a princesa. "Não, minha querida. É aí que você se engana", respondeu a bruxa cheia de ternura. "O que vai lhe restar é você mesma."

11

Se eu pudesse eliminar datas do meu calendário naquele primeiro ano sem Natália, começaria pelo dia do seu aniversário. Vivi aquele dia toda enrolada em arame farpado. Movia-me devagar, com uma dor gelada me fisgando a todo o momento nos braços, nas pernas, nas costas, na barriga. Não fui à aula. A primeira coisa que fiz foi pegar o caderno, ainda sem intenção de abri-lo, queria apenas tocá-lo para me lembrar de que continuava ali.

Aquele dia estava gelado. Há poucos dias assim no Rio de Janeiro. Por falta de uso, demorei para encontrar meu moletom. Natália e eu dividíamos um guarda-roupa de quatro portas, duas para cada, e como não encontrava meu moletom de jeito nenhum, abri pela primeira vez a parte que cabia a ela. Seu cheiro me atingiu com tudo, e eu fechei a porta. Mas eu preciso do moletom, disse a mim mesma. Está frio na rua. Revirando-me dolorosamente dentro do arame farpado, remexi nas roupas de Natália até encontrar meu moletom. Vesti-o por cima do pijama e saí de casa, apertando o caderno contra o peito. Desci a ladeira, caminhei lentamente por calçadas irregulares, ora de cimento, ora de terra, e quando percebi estava em frente ao terrenão.

O terrenão estava desanimado. Três crianças empinavam pipa. Um menino pequeno mexia nas pedrinhas, e só. Sentei embaixo da árvore e me perguntei onde estavam as crianças que costumavam habitar aquele lugar. Em casa, talvez. As crianças agora brincavam em casa. Lembrei a nossa primeira vez ali, Natália e eu sentadas embaixo da mesma árvore olhando para os meninos e meninas que preenchiam o terreno baldio. Despertei desses pensamentos com o estalo de uma pedra batendo contra o chão, bem perto do meu pé. Era o menino pequeno. Lançou-me outra pedra. Desta vez, me atingiu bem no meio da canela. *Ploc.* Minha primeira reação foi sair dali antes que o menino me abrisse a cabeça. Porém, fiquei. Aquele pirralho que não tinha nem 5 anos não ia me fazer correr. Olhei feio pra ele. Ele olhou feio pra mim. Preparou-se para me atacar novamente, mas eu fui mais rápida e o atingi no ombro. Abriu a boca imensa e começou a chorar. Saí dali, envergonhada. Voltei para casa correndo e abri o caderno de Natália.

Tudo o que ela dizia ganhava um novo significado. Os mortos fazem isso. Ou será que nós fazemos isso com os mortos? Encontramos mensagens onde queremos encontrá-las. Elas dizem o que queremos que elas digam. No meu caso, todas as cartas de Natália eram recodificadas e endereçadas a mim. Terminava a leitura assombrada com a precisão de suas palavras, com a perfeição com a qual se adequavam ao meu momento atual. *Ela sabia de tudo? Como é que pode?* Natália nunca esteve em um pedestal tão alto, e nada me parecia impossível para ela naqueles dias. Suas cartas me abriam cirurgicamente e me operavam no local onde eu mais precisava.

12

Percebi que seguir em frente não existe. Não existe um caminho por onde você pode dar um passo de cada vez, tornando-se mais feliz a cada dia. Nada disso. O que acontece é o seguinte: a cada passo adiante seguem-se dois ou três para trás. Você nunca sabe onde está.

Na escola, o dia ruim de um facilmente contagiava o dia bom de todos os outros, nunca o contrário. É uma lei da natureza: a atração para baixo é sempre mais forte. Por exemplo, quando Murilo contava uma piada, todo mundo ria. Mas se naquele dia alguém tivesse chorado na sala de aula, e isso não era incomum, então Murilo não contava piadas e ninguém mais ria. Lembro-me de ter falado sobre isso com o doutor Rafael.

"Sabe, não tem problema nenhum em rir."

"Eu sei."

"Ter um dia bom não significa que você esqueceu a Natália."

"Eu sei."

Às vezes, eu procurava tia Rosana no intervalo. Caminhava com ela de mãos dadas pelos corredores, lia suas lições. Ela estava frequentando a turma de adultos e levaria seis meses para avançar cada série. Fizemos as contas: nós duas terminaríamos os estudos no mesmo ano. Isso me deixava feliz. Vê-la na escola era capaz de melhorar um dia ruim. Mas não todos. Às vezes, eu a encontrava no pátio e desviava meu caminho. Um dia ela me chamou e fingi que não ouvi.

Naquele ano não me aproximei de ninguém. Era mais fácil ficar ao lado de Bruna, que não me exigia esforço. Eu podia falar de qualquer coisa e podia inclusive não falar de nada. Voltei a ser apenas uma boa ouvinte. Ela estava namorando o tal menino da *pizzaria*, o Carlos Eduardo, e sempre tinha muito para contar. Certo dia, ela me falou que havia tirado a blusa para ele, outro dia, descreveu como ele tinha colocado a mão por dentro da sua calça. *Você deixou?*, perguntei. *Eu, não! Dei um tapa na mão dele*, ela disse. Mas algumas semanas depois ela deixou e então me contou tudo. Bruna também era inconstante: poderia estar eufórica narrando seus avanços com o namorado e, no momento seguinte, chorar sem controle porque algo a fez se lembrar de Natália.

Nunca conversávamos sobre o que aconteceu. Eu sabia que ela dormia mal ou não dormia, porque a mancha roxa sob seus olhos ficava cada dia mais escura. Eu também dormia mal ou não dormia. Tinha muitos pesadelos. Se durante o dia era fácil me distrair e conseguia até rir das piadas do Murilo, à noite era bem diferente. Apagava sempre a luz para não ver a cama de Natália, e me deitava no escuro. Fazia os exercícios recomendados pelo meu psicólogo: primeiro, fechava os olhos (e via o homem ou Natália ou o homem atirando em Natália), em seguida, prestava atenção na minha respiração (e me perguntava como é que ela não havia percebido o tiro), sentia o peso do meu corpo sobre o colchão macio (e o de Natália sobre o caixão). O exercício deveria me acalmar.

Acalmar, não acalmava. Eu tentava esvaziar a cabeça, mas acabava pensando em coisas como: lista de pessoas que eu preferia que tivessem morrido no lugar de Natália (assassinos, estupradores e homens que batiam nas mulheres), escolas públicas da região em que nós poderíamos ter ido estudar em vez da Tasso da Silveira (havia 20), coisas que Natália queria fazer e não teve tempo (estudar Jornalismo, viajar pelo mundo, escrever um livro, ter um filho chamado Nino ou uma filha chamada Nina), frases que eu gostaria de ter dito (adorei a festa que você fez, pode ficar com o Murilo, você é tudo pra mim). Quando, enfim, pegava no sono, era perseguida pelos mesmos pesadelos de sempre. Natália continuava morrendo na minha frente, noite após noite, uma luta inconsciente para aceitar o inaceitável.

Pela manhã, chegava à escola cedo. Em nossa turma, todos tinham aquela cara de maldormidos. O ano letivo e a grande reforma avançavam juntos, e nossa aula era constantemente interrompida por britadeiras, picaretas e martelos. Eu, acostumada a me concentrar em qualquer lugar e em qualquer circunstância, me perturbava com facilidade. O bate-estaca dos operários fazia meu coração disparar. Certo dia, durante uma aula de Língua Portuguesa, Murilo levantou-se da cadeira num pulo e gritou: *É tiro!* De repente, ele ficou pálido e gelado e desmaiou. Descobrimos depois que o barulho vinha dos trabalhadores empilhando tábuas de madeira no pátio. Murilo não voltou para a escola.

13

Rio de Janeiro, 26 de março de 2011

Vovô,

Estou registrando algumas coisas com base no que minha mãe me contou sobre a vovó. Saber que você morreu afogado é muito pouco para mim, por isso, tive que inventar o resto. Espero que goste e, se não gostar, me desculpe.

A história do segundo casamento.

Rosa ganhou esse nome porque seus pais queriam que fosse bonita e delicada. Mas as coisas nunca saem do jeito que planejamos e, para desgosto dos pais, ela cresceu feia e desajeitada. Tiveram mais sorte com a segunda filha, Florzinha, que era muito bonitinha e agradável, tão fácil de se gostar que se casou logo aos 15 anos, com um oficial da Marinha. Foram morar em um casarão junto ao mar em Barra da Guaratiba. Rosa ia ficar para titia, o que não era a pior coisa que poderia lhe acontecer, considerando-se que era mulher, mas naquele tempo pensava-se assim. Ela trabalhava em uma loja de tecidos. Passava o dia cortando belas fazendas para as moças do bairro e sonhando um dia poder ser bem-vestida e extra-ordinária como elas. O dono da loja deixava que Rosa levasse para casa os retalhos de tecido que sobravam das vendas e era com isso que ela fazia as próprias roupas, ela era pobre a esse ponto. O dono da loja era um homem mais velho, digamos que Rosa tinha 16 anos e ele, 40. E pouco a pouco deixou suas intenções mais e mais óbvias, até que Rosa não teve como escapar. Certo dia, quando a levou de automóvel para casa, fez uma parada no meio do caminho e a beijou à força. Rosa teve muito nojo e pensou que fosse vomitar em sua boca. Ficou em tal estado de perturbação que, quando ele a pediu em casamento, disse que sim. Então, Rosa e Afonso se casaram. Rosa, que era feia, mas era fresca e cheirava a flor, e Afonso, que era bonito, mas era podre e tinha na boca um gosto de rato morto. Não tinha como dar certo. No segundo ano de casamento, Rosa pensou em se matar. No terceiro, chegou a comprar veneno. No quarto, não precisou fazer isso porque Afonso mesmo resolveu a situação: ele a mandou embora.

"Você não me dá filhos", ele disse. "Está estragada."

Foi assim que ela voltou para a casa dos pais, aos 20 anos, separada e estragada. Trabalhava com costuras e vivia melhor do que nunca, porque agora sabia que viver sozinha era a melhor forma de viver. Aos 40, mudou de ideia. Mudou de ideia porque conheceu Antônio, um homem feio, de 40 anos, que era porteiro e poeta e morava sozinho, pois nunca se casou. Rosa sentou-se ao seu lado no trem, num belo dia, voltando do centro. Ele chamou sua atenção porque: 1) segurava um buquê de rosas muito bonito; 2) tirava uma latinha com balas do bolso e as mastigava, deixando tudo ao redor com cheiro de menta e; 3) escrevia com um lápis minúsculo num papelzinho também minúsculo um poema sobre o sol. "Sol, me visite à noite porque a hora de dormir é escura e eu sinto frio." Rosa soube exatamente do que falava aquele poema porque ela também sentia aquele mesmo frio. Por isso, apaixonou-se. Queria dizer alguma coisa para ele antes que chegassem à estação. Pensou em elogiar o poema, dizer que era lindo e que ela o compreendia com todo o coração, mas calou-se. Não queria parecer intrometida.

"As flores são muito bonitas", ela disse.

Ele levou um susto. Olhou para o lado e encontrou a dona da voz, para quem deu um sorriso de menta e agradeceu silenciosamente.

"Todas as mulheres adoram rosas", insistiu.

"Essas flores têm uma história engraçada", ele respondeu.

Contou que trabalhava em um prédio no Flamengo e que a moça do 201 brigou com o namorado naquela manhã. O moço chegou com aquele buquê bonito, e ela não abria a porta de jeito nenhum. Antônio sabia que ela estava em casa, mas, quando o moço perguntou, mentiu que não sabia. Afinal, ela devia ter um bom motivo para não querer abrir a porta. Quando ele foi embora e a moça saiu de casa, Antônio disse a ela que o namorado havia deixado as flores na portaria. "Pode ficar para você", ela disse.

"Então o que é que eu vou fazer? São bonitas demais para jogar no lixo", disse Antônio.

"São mesmo", concordou.

"Qual é o seu nome?", ele perguntou.

"Eu me chamo Rosa", respondeu ela, de repente dando-se conta da coincidência.

"Então, pronto", disse ele, rindo. "São para você."

Eles se casaram três meses depois. Foram felizes. Rosa, que era recatada à luz do dia, no quarto transformava-se em outra, muito charmosa e sempre de batom vermelho. As noites nunca foram tão quentes. De tanto amor, tiveram duas filhas: Roseli e Rosana. Rosa pariu essas duas criaturas colocando para fora toda a beleza que ela e Antônio tinham escondido lá dentro esse tempo todo. As duas eram lindas.

14

Os dias passaram, e dezembro chegou. Irritava-me ver neve artificial nas vitrines, enquanto a sensação térmica na rua era de 50 graus. As frutas secas em promoção, uma comida que ninguém come, os presentes que ninguém usa, todo ano tudo igual. Eu esperava do Natal algo diferente, pelo menos para nós, pensei que ficaríamos em casa e jantaríamos na cozinha para depois assistir à televisão, mas naquele ano tivemos um Natal igual ao de todo mundo: fingimos que estava tudo bem.

Minha mãe veio com a família, agora dizia-se assim, *Roseli e a família,* e me trouxe de presente um telefone celular. Era um modelo moderno, preto e quadrado, onde funcionava internet, o que era novidade. Sei que foi um presente caro, mas fiquei furiosa. *Vou assim que puder. Não vou demorar. Eu juro.* E aparece oito meses depois. Eu disse: *Obrigada.* Mas o que eu queria realmente dizer: *Você é a pior mãe do mundo. Mil vezes pior do que a Maria Louca.* Ela tentava me agradar, mas só conseguia ser incômoda e inconveniente. Tudo nela me perturbava: a voz, a beleza, o jeito de apoiar a mão na cintura e quebrar o quadril para a direita, o seu perfume cítrico e forte, que me lembrava cheiro de banheiro. Quando foi embora, respirei aliviada. Peguei para mim um anel esquecido na pia.

Ela partiu prometendo voltar em janeiro, no aniversário de tia Rosana, quando ela e tio Mário completariam 15 anos de casados. Eles disseram que de jeito nenhum fariam festa, mas minha mãe os atormentou tanto, *vocês têm que celebrar a vida, não podem deixar passar em branco,* que eles se deixaram convencer. Um casal da igreja, Irene e Aroldo, preparou tudo no salão de festas do prédio onde morava. Estávamos preocupados porque o espaço ficava ao ar livre e uma chuva prometia despencar a qualquer momento. As cadeiras e mesas de plástico foram distribuídas ao longo do pátio. Sobre as mesas havia toalhas quadradas de TNT vermelho e vasinhos de flor-da-fortuna, que mais tarde os convidados levaram para casa. Uma grande mesa foi montada junto à parede com salgadinhos variados e um grande bolo branco. Irene e Aroldo pensaram em tudo, cuidaram da festa com muito carinho, mas faltava algo de criativo, um toque especial. Faltava sabemos bem o quê.

A chuva não caiu até o fim da festa. Antes de cortar o bolo, o pastor Cláudio disse algumas palavras. Não falou de Natália e também não precisava. Todas as palavras tinham o som do seu nome. Vi que algumas pessoas disfarçavam as lágrimas. Um ou dois puxaram lenços. *Meu Deus, que lindo,* eles diziam, o que me soava como: *Meu Deus, que triste.* Depois do bolo, os convidados foram embora. Começou a chover forte e corremos para guardar tudo. As toalhas molhadas soltaram tinta. Escorreu pelo chão um fio de água vermelha que me arrepiou inteira. Senti que estava ficando mole, e a cabeça doía. Irene e Aroldo insistiram para que esperássemos o aguaceiro passar. Meu tio recusou. Aquela chuva ainda ia longe, ele disse, em breve as ruas alagariam, já passava da meia-noite e era melhor sairmos logo. Em parte, meu tio estava certo. As ruas alagaram. Descíamos a avenida Santa Cruz quando ficou impossível passar com o carro. Um bolsão de água nos impedia de seguir em frente e também de pegar o caminho de volta. Tio Mário conseguiu parar o carro na parte alta da rua, subindo na calçada da Universidade Castelo Branco. Teríamos que esperar a água baixar. *Ainda bem que estamos de barriga cheia,* ele disse. Vi que aquilo ia demorar.

Assim que acordei, falavam de minha mãe.

"Falou tanto dessa festa e nem se deu ao trabalho de vir", disse minha tia.

"Você ainda se preocupa com isso? Não adianta, ela não vai mudar nunca."

"E esse celular caro que comprou pra Malu? Não vi tocar nenhuma vez."

Meus olhos ardiam, as pálpebras pesavam toneladas. Adormeci de novo, por 2 minutos ou 2 horas, não sei.

"Preciso fazer xixi", disse minha tia, com a mão na maçaneta.

"Não abre o carro, Rosana!"

"Por quê?"

"Vai entrar água."

Então olhei pela janela e vi que a água estava na altura da porta.

"Mas eu preciso fazer xixi. Não aguento mais."

Tio Mário não sabia o que fazer. Olhava para a rua, sem resposta. Tia Rosana pegou uma sacola de mercado e aliviou-se ali mesmo. Depois, deu um nó e jogou a bolsa pela janela. Fechei os olhos. Quando os abri novamente, a água já atingia a metade da porta. Minha tia orava.

"Senhor, permita-nos chegar em casa em segurança, e que nenhum mal nos atinja…"

"Acho que estou doente", eu disse. Mas a voz saiu fraca, eles não me ouviram.

Todos os ossos doíam, senti frio. Dormi de novo. Sonhei que estava debaixo daquela água toda. Meus pés estavam presos no bueiro da rua. Os cabelos flutuavam na água. Libertei meus pés e nadei até o carro, que àquela altura também estava mergulhado, preso nos galhos de uma árvore. Meus tios estavam lá dentro, conversando entre si. Bolhas saíam de suas bocas. Não me ouviram quando bati no vidro. Estávamos os três submersos na inundação, esmagados sob léguas e léguas de água suja. Acordei suada.

"Quando te espero na frente da escola, fico na esperança de ver Natália."

"Para com isso."

"Às vezes eu vejo uma menina parecida com ela e o meu coração dispara."

"Chega, Mário."

"Não sei por que isso aconteceu com a gente, Roseli."

"Deus sabe o que faz."

"Não consigo entender."

"Te falta fé."

"Você está dizendo que a culpa é minha?", repetiu, um tom mais alto.

"Só estou dizendo que Deus tem algo a ensinar."

"MAS POR QUE FOI A NOSSA FILHA QUE TEVE QUE PAGAR POR ISSO?"

A voz do meu tio trovejou dentro do carro. Quando olhei para fora já era dia. A tempestade havia passado, a água da rua já havia escoado, e nós voltamos para casa. No dia seguinte, acordei mal, sentia o corpo pesado, os olhos ardiam, cheios de areia. Estava gripada. Fui para a aula mesmo assim. Não queria perder a inauguração da reforma, estava ansiosa para ver como tinha ficado nossa escola.

15

Da antiga escola não sobrou quase nada: agora tinha o dobro do tamanho, era colorida, moderna, uma escola-modelo. Onde antes ficava o namoródromo, construíram um anexo de quatro andares, com salas especiais para aulas que nunca tivemos, como dança e caratê. Também instalaram um elevador e passarelas de acesso para alunos com dificuldade de locomoção. Na minha sala havia uma menina que usava cadeira de rodas. Ela não era paraplégica no ano anterior; na verdade, costumava ser a atleta da turma, competia em provas de salto em distância. Porém, havia aquele homem. Ele disparou os quatro tiros fatais para os sonhos de Karol. Ela foi a única colega da sala com quem conversei sobre aquele dia. A iniciativa partiu dela.

"Você viu o vídeo em que você e a Natália aparecem no corredor?", perguntou.

Eu sabia do que se tratava. Era o vídeo da câmera interna da escola, que registrou nossa fuga da sala de aula. Foi exaustivamente divulgado pela imprensa.

"Vi na televisão", respondi.

"Achei que você ia gostar de ver a Natália de novo", disse, desviando os olhos para as mãos.

Ela estava descascando o esmalte com as unhas.

"Na verdade, eu não gosto muito de ver essas coisas."

"Eu vejo esse vídeo todos os dias."

"Por quê?", perguntei, horrorizada.

"Porque eu gosto de me ver andando."

Então, me contou sua história daquele dia. O homem atirou primeiro na sua cabeça, mas ela protegeu-se com o braço e caiu no chão, fingindo-se de morta. Muitas meninas fizeram o mesmo e desse modo sobreviveram. Antes de sair da sala, ele foi até o fundo, onde elas estavam amontoadas no chão e olhou cada uma para se certificar de que havia matado todas. Karol me disse que tentava concentrar-se em não tremer os olhos e mantê-los imóveis, mas isso é difícil. Quem já tentou fingir que está dormindo sabe.

Em algum momento, ele esbarrou nas pernas de Karol e ela abriu os olhos. Foi só um pouquinho e por um segundo apenas, ela disse, mas o suficiente para ele perceber. *Você ainda tá viva?*, ele gritou. *Que pena, tão bonitinha. Mas agora vai morrer.* E atirou mais três vezes contra o tórax da menina. Atingiu a cintura, o estômago e a medula. Ela sabia que estava viva porque continuava sentindo medo. Esperou ele sair da sala e começou a movimentar devagar os braços e as pernas. Quando conseguiu se levantar, chamou as amigas. Pensou que elas também fingiam e por isso estavam caídas. Sacudiu uma por uma, mas elas não abriram os olhos. Karol saiu da escola caminhando pela última vez.

"Quando acordei no hospital, não senti mais as pernas."

"Você vai voltar a andar?", enquanto fiz essa pergunta desejei que pudesse apagar cada palavra.

"Não sei."

Queria pedir desculpas, dizer que minha pergunta foi idiota, queria dizer que ela foi muito corajosa, queria abraçá-la e fazê-la entender que eu conhecia sua dor, pois eu mesma havia perdido um dos membros do meu corpo naquele dia. Sobretudo, queria lhe dizer que o que nos aconteceu foi injusto e cruel e não deveria jamais ter acontecido e, sim, claro que ela voltaria a andar.

"Sinto muito", eu disse.

"Você quer ver o vídeo no meu celular?"

Então eu vi o homem entrando na sala. Vi o primeiro menino fugir. Vi uma criança escapar, depois outra, depois outra, depois muitas. Vi quando a poça de sangue se formou na porta. Vi quando eu escorreguei. Vi quando Natália me puxou e foi atingida. Vi quando saímos correndo de mãos dadas pelo corredor. Quando Karol me apontou para a figura dela saindo da sala, eu já não vi mais nada.

A sala onde tudo aconteceu não existia mais. Foi derrubada para dar acesso ao prédio novo. No jardim agora havia grama e flores de verdade e não mais um punhado de brita entre as árvores. A fachada antiga desapareceu. A entrada da escola, que ficou famosa mundo afora, não está mais lá. O acesso foi fechado e transferido para outra rua. Colocaram no lugar um mural imenso, onde se lê *Escola Agra*. Assim que ficou pronta a nova fachada, Bruna e eu nos demoramos olhando a frase.

"Escola Agra?", perguntou Bruna.

Estreitei os olhos procurando letras escondidas, significados ocultos.

"Escola Alegre?", sugeri.

"De alegre não tem nada."

Estávamos encostadas no muro da casa onde, há um ano, entrei correndo com Natália em busca de ajuda. Bruna começou a falar de outra coisa, contava alguma história da qual não me lembro porque não ouvia. Eu continuava olhando fixamente para as letras desordenadas.

"Já sei", disse. "*Escola Agora.*"

Bruna franziu a testa.

"O quê?"

"Está escrito *Escola Agora.*"

"Por que *Escola Agora*?"

"Querem que a gente esqueça o passado."

16

Rio de Janeiro, 30 de março de 2011

Bruna,

Dorival teve uma vida tão curta, coitadinho. Quando o trouxemos para casa, houve uma confusão sobre o que deveríamos dar para ele comer (você se esqueceu de nos informar esse detalhe). Laurinha dizia que deveríamos alimentá-lo com miolo de pão, eu achava que tinha que ser mingau, então o que fizemos foi colocar uma tigela com pão e outra com mingau para que ele mesmo pudesse escolher. Talvez não estivesse com fome porque não comeu nada, ou não gostava nem de pão nem de mingau. Com certeza, gostava de carinho. Laurinha pegou a escova de dentes e penteou sua penugem para trás. Ele piscou os dois olhinhos pretos e dormiu. Furamos a caixa de sapato e montamos ali uma cama confortável. Tinha que ser quentinho, portanto improvisamos um ninho com uma camiseta velha da Laurinha. Ele dormiu sentindo o cheiro dela e acho que por isso acordou pensando que Laurinha era sua mãe. Toda vez que ela chegava perto, começava a piar e abrir o bico pedindo comida.

Foi quando voltamos da escola que a tragédia aconteceu. Laurinha entrou no banho e eu fui até a caixinha para brincar com Dorival. Vi que o papelão estava mordido e senti um frio na espinha. "Estrela", eu gritei. "Estrela, vem aqui!" e nada de a cachorra aparecer. Procurei em nosso quarto, no quarto dos meus pais, na cozinha, na sala, na área de serviço, atrás da máquina de lavar, que é onde ela gostava de se esconder. Nada. Também não estava na laje nem na garagem. Estava quase desistindo, quando resolvi conferir a parte de trás do terreno. Ainda tinha penugem amarela nos dentes, a cretina. Não tive tempo de ralhar com Estrela porque precisava resolver tudo antes que Laurinha saísse do banho. "Cuido de você depois", eu disse. Corri até nosso quarto, peguei a caixa de papelão e, na pressa, atirei-a no telhado da Mariângela. Quando Laurinha entrou no quarto, eu ainda não tinha terminado de pensar nos detalhes, mas uma coisa que aprendi sobre inventar histórias é que elas se criam sozinhas. Eu só precisava começar.

"Laurinha, tenho uma notícia boa e uma ruim."

"O que foi?", ela perguntou. Vi que vasculhava o quarto com os olhos, à procura da caixinha de papelão.

"Primeiro a ruim ou primeiro a boa?"

"Primeiro a ruim."

"Não vamos mais ver o Dorival."

Ela fez uma carinha tão triste, Bruna, mas tão triste, que eu teria feito qualquer coisa para protegê-la.

"E o que tem de bom nisso?"

"Nós fizemos uma menina feliz hoje."

Então, disse que uma menina esteve em nossa casa pedindo um pouco de comida. Eu fui atendê-la segurando Dorival, porque estava tentando fazê-lo comer, e vi como ela ficou apaixonada pelo bichinho. Seus olhinhos brilhavam mais do que os dois pontinhos pretos dos olhos do Dorival. Então, dei a ela uns pacotes de biscoito e também o Dorival porque nós temos uma à outra, mas aquela menina não tinha nada. Laurinha ficou em silêncio e afastou uma lágrima do rosto. Fiquei confusa, pois esperava outra reação (não sei qual) e não tive certeza se consegui proteger minha prima da tristeza daquele evento. De qualquer forma, eu fiz o melhor que pude. Talvez ninguém possa de fato proteger ninguém neste mundo. Veja só o que aconteceu com Dorival. Mesmo assim, obrigada pelo presente. Ele teve apenas 24 horas de vida, mas tenho certeza de que foi feliz.

Com amor,
Natália

17

Bruna havia sido reprovada de novo. Faltou muito nos últimos meses porque a mãe estava novamente envolvida com drogas. Foi por isso que não estranhei quando ela desapareceu do mercadinho e não me procurou mais. Só me atendeu no Natal, quando eu liguei para desejar boas festas. Quando pedi para falar com a avó dela, veio a notícia.

"Minha vó morreu."

Não soube o que dizer por um momento. Quando recuperei o fôlego, disse apenas:

"Quando?"

"Há três semanas."

"Como?"

"Ela teve um infarto fulminante no trabalho."

"Por que você não me contou?"

"A patroa dela pagou as despesas do velório."

"Eu quis dizer pra ficar aí com você. Por que não me avisou?"

Eu estava furiosa.

"Não quis te chatear com os meus problemas."

"Isso é mais do que um problema, Bruna."

Então ela começou a chorar. Aquele choro que nascia manso e crescia desgovernado. Eu a vi chorar assim muitas vezes no último ano. Sabia que estava ficando vermelha e lhe escorria saliva no canto da boca. Eu disse:

"Me desculpa."

Esperei que se acalmasse, mas ela não se acalmou e desligou o telefone. Esperei alguns minutos e liguei outra vez.

"Alô", ela disse, a voz baixa e triste.

"Me desculpa", repeti.

"Tudo bem."

"Como é que você vai fazer?"

Eu me referia à sua vida porque eu bem sabia que algo assim pode nos tirar o chão e o ar. A avó era tudo o que tinha. Mas também me referia a dinheiro, que também é uma espécie de chão e de ar. Sem trabalho e sem ninguém, como ela ia se virar?

"O Carlos Eduardo está aqui comigo. No mês que vem, eu faço 16 e vamos nos casar."

No susto, desliguei. Não sabia o que responder. Porém, quando os vi juntos, tive certeza de que se amavam e pude dizer: Parabéns. Felicidades. O casamento teve que ser remarcado três vezes para que a mãe dela cumprisse o combinado e aparecesse para assinar os papéis. Depois, comemoramos no rodízio de *pizza* onde Carlos Eduardo trabalhava. Ela estava bonita, com um vestido tomara que caia branco, de saia evasê até os joelhos. Presente de tia Rosana. Acho que posso dizer que foi um dia feliz.

Em seguida, uma confusa sequência de eventos começou com a ligação da minha mãe.

"Oi, querida. Tá em casa?"

"Sim."

"Sua tia está no trabalho?"

"Sim."

"Pode levar o telefone pra ela?"

"Sim."

Desci com o celular até o ateliê, onde minha tia estava debruçada sobre a máquina de costura. Passei o aparelho para ela e peguei o óleo que usava para lubrificar a Singer. Coloquei um pouquinho do produto no dedo e inspirei discretamente aquele perfume, que sempre me tranquilizava. Mas como era minha mãe ao telefone e como sua voz estava nervosa, naquele dia não funcionou.

"Quem é?", perguntou minha tia.

"Minha mãe."

Vi quando ela revirou os olhos e aquilo me incomodou. Não fiquei para ouvir a conversa. Depois de alguns minutos, tia Rosana subiu até nossa casa e me devolveu o celular.

"Vamos."

"Aonde?"

"Buscar sua mãe, ela está na rodoviária."

18

Tia Rosana naquela época já tinha o próprio carro. Depois da cirurgia, ela perdeu a força nos braços e comprou um carro novo automático com o desconto dado a pacientes nessas condições. Meu tio continuou trabalhando com a velha Parati, e minha tia agora tinha um sedã prata, que usava para fazer as entregas do ateliê. Outro cheiro de que eu gostava: os bancos novos do carro de tia Rosana.

"Ela chegou sem avisar?", perguntei.

Tia Rosana não respondeu, apenas encolheu os ombros. Pegamos a Avenida Brasil, e eu pensei no dia, que parecia ter acontecido na véspera ou há milhares de anos, não sei, em que decidi abandonar tia Rosana para viver com a minha mãe. Como teria sido? Eu nem conseguia imaginar. Disfarçadamente, olhei para minha tia e desejei que ela fosse a minha mãe e não a mulher que nos aguardava na rodoviária.

Minha mãe estava com o cabelo desgrenhado da viagem e tinha um hematoma amarelo no canto da boca, o que significava que havia apanhado havia sete dias. Tinha também um braço quebrado, imobilizado com gesso junto ao peito. Com a outra mão, puxava uma grande mala. Larissa vinha atrás, segurando uma boneca loira. Ela estava com 5 anos, ou 6, nunca sei a idade da minha irmã, e parecia assustada. Tinha chocolate ao redor da boca. Quando me viu, não me reconheceu. Escondeu-se atrás das pernas da mãe e me olhou desconfiada.

"Dá um beijo na sua irmã, Larissa."

"Deixa ela", eu disse, pegando a mala.

Pesava mil toneladas. Foi então que eu soube: ela estava voltando para ficar. Minha mãe dormiu em um sofá-cama na sala com Larissa. Não queria dizer por que tinha voltado, embora todos soubéssemos. Meus tios tentavam agir com naturalidade e não faziam perguntas. Larissa, no entanto, ainda não entendia essa comunicação tão adulta e queria saber do pai o tempo todo. Minha mãe respondia que ele estava viajando. Não falava para onde, nem quando voltaria. "Agora nós moramos aqui", ela dizia, como se isso fosse tudo. Para agradecer o acolhimento, ela dedicava-se nas tarefas domésticas, mesmo que tivesse apenas uma das mãos para trabalhar. Quando eu acordava, o cheiro de alho frito já se espalhava pela casa.

Isso me fazia pensar na época em que me sentava no chão frio, de onde via pernas passando de um lado para o outro. Eu comia macarrão cru e ouvia as vozes de minha avó e de minha mãe, que conversavam enquanto preparavam o almoço. Minha avó usava um avental surrado e minha mãe, um pano de prato pendurado no ombro. Não sei dizer se essa é uma lembrança verdadeira, mas ela me preenchia o corpo como comida, me alimentava o espírito.

Depois do almoço, tia Rosana voltava para a loja, tio Mário, para as obras e minha mãe pendurava-se no telefone. Eu tentei brincar com Larissa, mas ela não me dava bola. Só queria ver televisão. Então, eu ficava no meu canto e voltei para os livros. Do pouco que eu entendia dos telefonemas de minha mãe, ela procurava duas coisas: trabalho e casa. Depois de algumas semanas, fui acordada por uma discussão na sala.

"Você não tem o direito", disse minha tia. Ela estava sentada no sofá, escondendo o rosto com as mãos. Estava chorando?

"E alguém nesse mundo tem mais direito do que eu, que sou mãe?"

Fiquei no escuro do corredor, de onde podia vê-los em segredo.

"Você não pode estar falando sério", disse minha tia. Agora vi que estava chorando.

"Estou falando seríssimo. Ela já tem 15 anos. Já perdi tempo demais."

Só então ouvi a voz do meu tio. Falou baixo, como sempre.

"Você não pode fazer isso com a gente, Roseli."

"Eu vou conversar com ela amanhã. Se vocês interferirem, eu juro por Deus que vou resolver isso na Justiça", disse minha mãe. "Eu tenho um amigo advogado que já me explicou tudo o que eu tenho que fazer."

"Eu não vou pra lugar nenhum."

Todos na sala se viraram em minha direção. Minha mãe, de repente, desarmou-se como um guarda-chuva quebrado. Não tinha mais serventia nenhuma.

"Eu vou ficar aqui", eu disse, no tom calmo e firme que aprendi com tio Mário.

"Filha, eu arrumei um emprego no Centro e aluguei um apartamento na Glória. Vai ser tudo novo. Tudo diferente. Você vai gostar."

Não sei por que me passou pela cabeça todas as vezes em que naquela mesma sala eu me calei quando deveria ter defendido Natália. Todas aquelas oportunidades perdidas de dizer o que eu precisava dizer.

"Você sempre fez o que quis da sua vida, então agora é a minha vez. Eu vou ficar aqui."

Depois de um longo silêncio, que pareceu ter durado a noite inteira, minha mãe disse, finalmente:

"Tudo bem."

19

Rio de Janeiro, 1º de abril de 2011

Papai,

Foi com esta história que eu ganhei o concurso de jovens escritores. Eu a inventei depois de ouvir tantas vezes você reclamar que o tempo passa depressa. Então criei para você uma cidade onde isso nunca acontece.

A cidade onde o tempo parou

Aconteceu sem aviso. Era uma manhã como outra qualquer e fazia sol, como sempre, mas quando a torre da igreja badalou o sino das 6 horas, o dia foi escurecendo, uma neblina densa tomou conta da cidade, esfriou inesperadamente e, de uma hora para a outra, anoiteceu. No dia seguinte, uma jovem menina foi a primeira a reparar.

Havia um relógio solar no meio do jardim e ela sabia que já era meio-dia quando o relógio de casa continuava marcando 6 horas. Tentou consertar ela mesma o pequeno instrumento, pois era boa nessas coisas de Ciência, mas não conseguiu. Levou-o para o relojoeiro que, apesar de ter mais de 40 anos de experiência, também não deu conta do serviço. Todos os relógios estavam com o mesmo problema. Estranho, disseram.

Voltando para casa, a menina viu que a grande torre da cidade também marcava 6 horas. Que estranho, ela pensou. Ao longo do dia, o problema já tinha afetado todos. Muitos não foram trabalhar porque o despertador não tocou, reuniões foram canceladas uma vez que ninguém conseguia se encontrar ao mesmo tempo, crianças não tiveram aula, pois o primeiro sinal nunca tocou. Além disso, ninguém sabia a que horas deveria comer. Em resumo: uma confusão. Em determinado momento, o céu escureceu e depois clareou, e foi assim que eles souberam que um dia terminou e outro começou. O sol ainda estava lá, graças a Deus. Os relógios, no entanto, nunca voltaram a funcionar.

A menina cientista estudou o fenômeno a fundo. Sua teoria é que uma onda magnética de proporções monumentais atingiu a cidade. Sem resolver o problema, ela procurou ajudar como pôde: ensinou cada habitante a fazer o próprio relógio solar no jardim. Foi assim que eles se organizaram novamente. Levaram a vida desse jeito, com muita tranquilidade, até que descobriram o problema real, que é do que trata essa história. Com o tempo, eles perceberam que os casais que tentavam engravidar não engravidavam, os doentes terminais não melhoravam nem pioravam. Ninguém se lembrava da última vez em que alguém havia nascido. E nem poderiam. Ninguém mais nascia ou morria naquela cidade. O tempo tinha parado.

Naquele dia, nascer ninguém havia nascido, pois aquela era uma cidade tão pequena que nem hospital tinha — as mulheres precisavam se deslocar até a cidade vizinha para parir. De fato, morrer ninguém havia morrido, mas na véspera, sim. Na véspera daquele maldito dia em que o tempo parou, um homem enterrou a esposa. Portanto, todos os dias daquele homem se tornaram o primeiro sem ela. Dia após dia, ele experimentava a dor daquela perda como se fosse a primeira vez, o que é um jeito terrível de viver. Ele estava ficando doente e fraco. Continuou assim, sobrevivendo com dificuldade, até que recebeu a visita da menina cientista. Ela teve uma ideia que poderia ajudar.

"Você tem que sair da cidade", ela disse.

"Sair da cidade?", perguntou o homem. "Mas como eu posso sair da cidade se a minha mulher ainda está aqui?"

"Ela já não está mais aqui."

Aquela frase era muito dura de se ouvir, e por isso o homem começou a chorar.

"Se você continuar aqui, vai chorar todos os dias."

"Mas para onde é que eu vou?"

"Para qualquer lugar."

"Você acha que vai funcionar?"

"Lá fora o tempo continua passando normalmente", ela disse. "Isso é tudo o que você precisa. Vá andando e não olhe para trás."

Ele partiu. O começo foi difícil, mas, conforme se afastava da cidade, ele sentia que suas lágrimas secavam. Depois de um tempo, ele nem mesmo tinha vontade de chorar. Andou dias e noites e passou por cidades e cidades, até que um dia, sem que pudesse perceber, sua dor se transformou nessa história.

20

Depois de dois anos sem visitar a praia, voltamos a Barra de Guaratiba. Desta vez, para passar todo o mês de fevereiro, férias completas, como nunca tivemos. Assim que chegamos, tio Mário estacionou no centrinho e nos levou a uma loja de moda praia. *Escolham o que quiserem*, ele disse. Tia Rosana comprou dois maiôs, um preto, simples, e outro mais sofisticado, com estampa de coqueiros e uma fivela no busto. Também escolheu um chapéu de palha com abas largas e uma canga verde. Eu experimentei um biquíni amarelo. Fiquei muito tempo avaliando-me no espelho. Agora, além de peito também tinha bunda e coxas. Pelos saltavam para fora da calcinha. Minha tia gritou lá de fora: *Me deixa ver!* Vesti rápido um *short*. *Que linda*, ela disse. *Leva o short também*.

Saindo da loja, pedi para meus tios passarem na farmácia. Trocaram olhares, mas não me fizeram perguntas. Entrei sozinha. Caminhei pelos corredores da farmácia e parei na frente da gôndola com lâminas de barbear, escolhi a cor-de-rosa e a escondi debaixo da blusa. Depois, olhei longamente a seção de revistas. Escolhi uma *Superinteressante* e caminhei para o caixa. Suava mais do que o normal, mas naquele calor ninguém perceberia. Paguei a revista e voltei para o carro caminhando depressa. *Ninguém viu. Ninguém viu. Ninguém viu*, repeti, em pensamento.

Assim que cheguei na casa de tia Florzinha, entrei no banho. O box era pequeno, me contorci para raspar as pernas. Primeiro as canelas, depois decidi raspar também as coxas. Quando terminei, exausta, parti para a virilha. Cortei-me feio. Um fio de sangue escorreu pela perna e seguiu um curso sinuoso até o ralo. *Meninas não deviam fazer isso*, pensei. *É perigoso.* Minha tia bateu na porta.

"Tudo bem aí, Malu?"

"Já tô saindo."

Dei uma conferida no aspecto geral. Havia trilhas de pelos em toda parte. Ensaboei-me e fiz tudo de novo. Depois, cuidei das axilas e comecei a me incomodar também com os pelos do braço.

"Malu, anda logo. Estamos com fome."

Raspei também o braço, tudo. Saí do banho me sentindo limpa e fresca. Desci para o jantar e encontrei a mesa posta para cinco. Aquilo doeu em meu coração de uma forma que eu já não achava mais que seria possível. A conta estava errada, havia um prato a mais.

21

Quando percebeu meu olhar sobre o prato, tia Florzinha rapidamente esclareceu: estava alugando o quarto de tio Raul, pois ele agora tinha a própria casa de veraneio, em Búzios. Esperamos seu visitante chegar. Fui a primeira a reconhecê-lo quando entrou na sala. Era Michel.

Os pais tinham vendido a casa. Ele adorava a praia, não queria deixar de ir à Barra de Guaratiba. Já tinha estado na casa de tia Florzinha no ano anterior e continuaria voltando a cada verão, ele disse. *Também continuaria lindo*, pensei. Naquela noite dormi mal. Estava sozinha no quarto que costumava dividir com Natália, e fazia calor, abri a janela e o quarto se encheu de mosquitos. Acordei tarde, empapada de suor. Meu corpo inteiro coçava como se eu tivesse dormido e rolado sobre a grama. Encontrei tia Florzinha cochilando na varanda. O resto da casa estava vazio, me arrumei e fui à praia.

Evitei o lugar onde eu sabia que meus tios ajeitaram as cadeiras sob o guarda-sol. Caminhei para o lado oposto da orla e só parei quando me afastei o suficiente. Então me sentei na areia, ainda sem coragem de entrar no mar, que me pareceu grande demais. As crianças pulavam, corriam, gritavam, fugiam da espuma do mar. Uma menina estava parada no meio da arrebentação. As ondas chocavam-se contra seu corpo desorientado e explodiam na sua cara.

Para a frente, pensei. *Vai em frente.* A menina caía em sequência, uma onda depois da outra. *Só mais um pouquinho. Vai!* Mas ela não saiu do lugar.

No dia seguinte, aceitei o convite de Michel para fazer uma trilha. Quase me arrependi, pois se tratava de uma subida íngreme, por onde caminhamos sob um sol escaldante por mais de uma hora. Muitas vezes me imaginei caindo morro abaixo, despencando por entre as pedras, morta. Ele me ajudava. Estendia a mão, dizia que estávamos quase lá, mas o pavor crescia. Naquela altura, já não poderia voltar atrás. Empaquei.

"Estou com medo", disse.

"Medo de quê?"

"De cair."

"Você não vai cair."

"Mas eu posso cair", provei, chutando uma pedrinha que caiu rolando até perder de vista.

"Se você cair, depois você se levanta", ele disse.

Então o beijei.

Voltei a beijá-lo muitas vezes naquele verão. Diziam-me que eu parecia saudável, que o mar e o sol me faziam bem. No entanto, fevereiro acabou e nos últimos dias já era possível perceber aquele brilho me abandonando. Enquanto fazia as malas, tia Rosana deu voltas e voltas e acabou dizendo:

"Quer ficar mais um pouco?"

Fiquei em Barra de Guaratiba até o início das aulas. Passava os dias com Michel na praia. À noite, preparava o jantar, ajudava tia Florzinha na cozinha e depois ficava até tarde com Michel na varanda, conversando, rindo e torcendo para que ela se retirasse para dormir, o que não fazia. Tia Florzinha vivia queixando-se do sono leve. Reclamava dos cães à noite e dos pássaros durante o dia. *Uma única brisa e eu já me levanto*, costumava dizer.

Era, muito provavelmente, uma ameaça e também uma mentira. Não havia guerra ou bombardeio que a fizesse acordar de um cochilo.

Ainda assim, foi com excessivo cuidado, para não dizer pânico, que deslizei pela casa e entrei no quarto de Michel na minha última noite ali. Ele estava acordado. Seus olhos eram imensos, dois faróis no escuro do quarto. Esperou em silêncio enquanto eu fechava a porta e caminhava até sua cama. Não disse nada. Eu tirei a camisola. Não disse nada. Esclareci:

"Quero."

22

Repeti cada detalhe na minha cabeça centenas de vezes para mais tarde contar a Bruna. Assim que chegamos, telefonei para ela, que não me atendeu. Continuei a ligar, e Bruna continuou não atendendo. Desisti de telefonar e bati em sua casa. Levei um susto e demorei para reconhecê-la. Encontrei-a no fundo do quintal, estendendo roupa no varal. Abaixava-se com dificuldade, usava um vestido amplo e antiquado demais para ela. Ouviu quando gritei seu nome, levantou a cabeça procurando minha voz e depois arrastou os chinelos em minha direção. Só quando chegou bem perto eu percebi o que tinha de diferente nela. Ela estava grávida.

"Eu ia te fazer uma surpresa", disse Bruna.

De fato, era uma surpresa. Nenhuma palavra saía da minha boca escancarada.

"Ia te visitar já com ele no colo."

"É menino?", perguntei, mais para ter o que falar.

"Sim", disse, acariciando a barriga enorme.

As galinhas ciscavam aos nossos pés.

Có... có... có... có...

Ouvi ao fundo um barulho mais agudo, mais piado.

"Tem pintinhos?", perguntei.

"Sim. Acabaram de nascer."

Ela caminhou até o galinheiro, pegou um bichinho na mão e me entregou. Era tão pequeno, tão fofo, tão amarelo.

"Quer levar um?", perguntou.

"Não, obrigada. Eu não vou ter tempo de cuidar. E a Estrela pode comer."

Ela riu.

"Vem. Vamos entrar. Vou fazer bolinhos."

Vi a destreza de Bruna na cozinha. Vi que a casa continuava um brinco. Vi que, no canto, o que eu agora sabia ser um altar de umbanda continuava sendo preparado no mesmo lugar. Pensei nos cordões de contas que a avó dela nos deu de presente. Tentei me lembrar onde os guardei.

"O Carlos Eduardo volta tarde, mas eu posso pedir para ele trazer *pizzas* pra gente. Que tal?"

"Você fica sozinha o dia inteiro?"

"Sozinha, não, amiga. Sou eu e Deus."

"Você entendeu."

"Ai", ela disse. "Corre aqui, ele se mexeu."

Coloquei a mão na barriga de Bruna e senti algo remexer lá dentro. Tirei a mão rápido.

"É assim que você quer ser médica?", ela riu. "Bota a mão direito."

Bruna pegou minha mão e a posicionou com firmeza onde a criança chutava.

"Ele já tem nome?"

"Não. Tô sem ideias. Não tem homem na minha família. Eu não tenho a quem homenagear", ela riu de novo. "Diz um nome aí."

"Nino", eu disse.

"Nino?", ela perguntou.

"Nino", repeti.

Ela botou as mãos na cintura, espichou a barriga para a frente e olhou para o nada. Disse:

"Gostei."

Então eu comecei a chorar. Com certeza não chorei por causa do nome. Também não era por Natália, que jamais teria filhos. Era por aquela menina, que tinha a minha idade, mas parecia tão adulta agora. Porque estava tão bonita grávida, porque sua casa era tão pobre e tão limpa, e porque ela parecia feliz. Bruna não fez perguntas. Apenas me abraçou.

"Shhhhhh", ela sussurrou no meu ouvido. "Shhhhhhhh. Vai ficar tudo bem."

Visitei Nino na maternidade dois meses depois. Nasceu com 2 quilos, 740 gramas e 46 centímetros. Dormia, apenas.

"Você sabe por que eu engravidei?"

"Foi um feliz acidente?", eu respondi, sem tirar os olhos do menino.

"Não", ela disse.

Olhei para ela surpresa. Presumi que havia sido um acidente. Bruna tinha apenas 16 anos.

"Eu não sabia até este momento", ela disse. "Mas agora eu sei. Engravidei porque me sentia terrivelmente só."

23

Naquele momento, decidi que queria trabalhar perto dos bebês. Queria passar meus dias trazendo ao mundo esses pequenos seres, que são a origem e a razão da nossa existência. Um bebê é vida, é a antítese da morte, é um recado da natureza que diz: resista.

Dediquei toda a minha atenção no exame para a universidade. Contar como foram meus últimos três anos na escola é fácil. Basta dizer: eu estudei. Mas, quando chegou a hora da prova, me atormentei pensando que não tinha sido o suficiente. Estava nervosa.

Cheguei tão cedo naquele dia que os portões ainda estavam fechados. Esperei na calçada. Estava quente, como sempre. Por mais de uma vez pensei em desistir. O segurança do prédio apareceu no portão, me deu um sorriso, desejou bom-dia e boa sorte.

"Ainda faltam três horas", ele disse.

Eu me levantei e não disse nada. Saí andando pela calçada, determinada a voltar para casa, mas, quando cheguei à esquina, parei. A rua estava vazia, pois era domingo de manhã. As pessoas ainda estavam acordando, preparando o café, arrumando a mesa e colocando os pratos, as xícaras, a geleia, a manteiga. *Será que existe mais alguém no mundo que coloca geleia e manteiga no pão?* Dei meia-volta e respondi ao segurança:

"Vou esperar aqui", eu disse. "Quero ser a primeira a entrar."

Quando cheguei em casa, entrei no quarto e três longos meses de espera me encaravam. Não sabia dizer se eu tinha me saído bem na prova ou se tinha me saído mal. O ar que eu respirava era denso. Minha cabeça badalava: três meses, três meses, três meses.

Olhei por algum tempo o caderno de Natália antes de abri-lo. Vinha adiando este momento havia anos. Folheei cada página com cuidado até chegar à última carta.

24

Rio de Janeiro, 7 de abril de 2011

Laurinha,

25

Contornei com o polegar a letra redonda de Natália. A tinta azul manchou meu dedo. Como é que pode? Depois de cinco anos. Observei o borrão no meu nome. Pressionei meu polegar bem forte na folha em branco, onde deixei a marca da minha digital. Foi então que eu soube o que fazer: peguei uma caneta e escrevi no que restava do caderno tudo o que aconteceu.

Tenho feito isso todos os dias, durante todo o verão. Quando a mão dói, descanso por um minuto ou dois, não mais do que isso. Sei que não posso parar. Sinto-me como Orfeu, quando desceu ao reino dos mortos para buscar Eurídice. Ele não podia viver sem ela. Seu amor era tão grande e tão puro e seu pedido tão verdadeiro, que os senhores do lugar, Hades e Perséfone, permitiram que Orfeu a levasse de volta. *Com uma condição*, eles disseram. *Siga em frente e não olhe para trás.*

Enquanto registro nossa história, tenho esse cuidado. Concentro-me na tarefa de reconstruir Natália e não me distraio, não posso interromper meu trabalho por nada. Não quero repetir o erro de Orfeu, que falhou e viu Eurídice desaparecer para sempre. Então eu escrevo sem parar e já faço isso há três meses, tendo atrás de mim a figura de Natália em sua forma quase completa. Estou chegando ao fim agora. Só me restam algumas linhas, apenas o suficiente para dizer o que vai acontecer em seguida.

Quando eu tiver terminado, quando a última linha da última página do caderno de Natália estiver preenchida, vou me levantar e pegar minha mochila. Vou caminhar até o ponto de ônibus e, depois de mais ou menos uma hora e quarenta minutos, vou desembarcar em frente à universidade pública, onde vou estudar Medicina.

Hoje é o dia em que eu posso finalmente olhar para trás, contemplar os olhos de Natália e dizer: nós vencemos.

POSFÁCIO

A história que você acabou de ler é uma obra de ficção. As personagens são imaginárias, embora o dia trágico que dá nome a este livro realmente tenha acontecido. No dia 7 de abril de 2011, fui enviada a Realengo para conversar com as meninas da escola Tasso da Silveira, invadida por um homem que matou doze crianças.

O que elas me contaram fundamentou os capítulos 53 a 61, onde procurei descrever os eventos daquele dia. O que aconteceu depois e o que aconteceu antes é, como todo romance, uma história criada com a intenção de nos socorrer da realidade.

O dia 7 de abril de 2011 foi realmente daquele jeito. Não há nada a fazer em relação a isso. É uma cena inevitável e definitiva, como uma fotografia no jornal. A maior parte do trabalho foi criar uma narrativa que se distanciasse daquele fato apenas para revelar o que havia além dele.

Malu e Natália são inspiradas em pessoas reais. Se eu atingi meu objetivo, você as reconheceu: são meninas que existem em todo o Brasil. Quantas ruas cabem naquela ladeira que desce em uma curva e passa por um mercadinho e um terrenão? Quando fiz esse trajeto e tropecei na calçada onde todo mundo tropeça, topei também com a constatação de que Realengo era a cidade da minha infância.

Reconheci minha mãe, minhas tias e minhas avós em cada xícara de café de vidro marrom que me ofereceram as mães, tias e avós. E como me levavam para a mesa da cozinha, e não para o sofá da sala, sei que elas também me reconheceram. Então falavam um pouco sobre o que aconteceu na escola, mas rapidamente a conversa adquiria um novo tom, diferente, amaciado, como fazem as mulheres quando falam de suas meninas. As meninas eram nosso assunto preferido.

A primeira que eu conheci foi Larissa. A casa estava cheia de amigos – era uma menina popular. Ela me levou até o quarto, onde fez mil perguntas sobre a revista para a qual eu escrevia. Nada me fazia pensar que poucas horas antes havia escapado de um massacre. Naquele momento, manifestava uma perplexidade tranquila, como se não pudesse garantir se o que estava me dizendo era real. Foi ela quem me perguntou: "O que foi que aconteceu?"

Larissa estava na sala 1803, a primeira invadida pelo atirador. Ela viu quando o homem entrou na sala de aula e ouviu quando deu bom dia. Quando ele tirou duas armas da bolsa e as apontou para a turma, ela pensou: "Que maneiro, uma demonstração de segurança". Mas em seguida houve o primeiro disparo e depois outros. Larissa abaixou-se e puxou a amiga, Liliane. Juntas, rastejaram-se até a mesa da professora, de onde puderam ver os amigos caídos no chão.

Correram de mãos dadas, aproveitando o momento em que o atirador recarregava as armas. Foram acolhidas na casa de uma vizinha da escola, onde esconderam-se embaixo da cama. "Os tiros não paravam", ela disse. Muitas vezes o nome de Liliane se repetia na fala de Larissa. Foi quando eu entendi que esta não seria uma história do massacre, mas uma história de amizade.

Liliane morava não muito longe dali. Conversamos por muito tempo, não apenas enquanto eu apurava a reportagem, mas depois. Ao longo dos últimos anos, continuamos nos falando de vez em quando. Naquele dia, reconheci em Liliane uma dedicação incomum para o próprio futuro, justamente o tipo de devoção que nos leva, mais cedo ou mais tarde, a conseguir o que um dia pareceu impossível.

Aos 13 anos, ela já dizia que queria ser médica e fazia planos de trabalhar como enfermeira até que o sonho se realizasse. E não tenho dúvida nenhuma de que isso realmente vai acontecer. É por causa de Liliane que Malu e Natália estudam tanto. A consciência dos desafios que existem pela frente e a força de vontade para superá-los nos dizem muito sobre a experiência de crescer menina, especialmente quando temos poucos recursos e a imprevisibilidade da vida nos atropela.

No dia seguinte, conversei com Renata. Ela tinha acabado de receber alta do hospital. Foi atingida nas costas quando tentava fugir. Renata teve a arma apontada para a sua cabeça e salvou-se apenas porque naquele momento acabaram as balas. Ela foi socorrida por um motorista que a levou para o Hospital Albert Schweitzer, onde viu suas amigas, que não paravam de chegar: "Três já estavam mortas".

Quando cheguei na casa de Renata, duas repórteres de TV discutiam quem deveria entrevistá-la primeiro. Descrevi no capítulo 64 o que aconteceu a seguir: uma dolorosa competição para saber quem a faria chorar. Ninguém conseguiu.

Thayane e Brenda ainda estavam hospitalizadas. Conheci a história delas mais tarde, acompanhando as notícias. Soube que estavam na segunda sala invadida pelo atirador. Thayane passou 68 dias no hospital, onde ouviu dos médicos que jamais andaria novamente. O golpe foi cruel: ela era a atleta da turma.

Brenda também recebeu no hospital a notícia que mais temia. Estava há 24 horas sem notícias da irmã gêmea, Bianca, de quem nunca havia se afastado até aquele dia. Elas estudavam juntas na Tasso da Silveira e foram surpreendidas pelo barulho dos tiros na turma ao lado. "Se acontecer alguma coisa, eu te amo", Brenda teve tempo de dizer à irmã, antes que o atirador invadisse a sala e atirasse em ambas. Ela ficou imóvel no chão e fingiu-se de morta para sobreviver. Quando viu que poderia fugir, chamou a irmã: ela não respondeu.

No hospital, repetidamente perguntou por Bianca, mas ninguém dizia nada. Brenda ainda se recuperava da cirurgia para a retirada das balas. Ela foi atingida nas mãos e na cabeça. Já estava fora de risco quando recebeu a confirmação na sexta-feira pela manhã: a irmã estava morta.

Bianca tinha 13 anos e queria ser professora.

Luiza, 14 anos, engenheira.

Karine, 14 anos, atleta olímpica.

Gessica, 15 anos, militar da Marinha.

Rafael, 14 anos, especialista em informática.

Mariana, 13 anos, modelo.

Laryssa, 13 anos, militar da Marinha.

Igor, 13 anos, jogador de futebol.

Larissa, 15 anos, modelo.

Samira, 13 anos, veterinária.

Milena, 14 anos, atriz.

Ana Carolina, 13 anos, queria apenas continuar estudando.

Naquela sexta, a escola fixou na porta um papel com os horários e velórios do dia. Mais de quatro mil pessoas prestaram homenagens nos enterros, realizados em quatro locais diferentes. Eu estava no cemitério de Realengo, acompanhando de longe a família das gêmeas. Vi quando o caixão de Bianca chegou e presenciei a cena que para a maioria de nós é absolutamente impensável. Entre a multidão e sob um sol desconcertante, a mãe passou mal e teve de ser amparada por médicos, a avó foi levada às pressas para o hospital. Naquele momento, liguei para Isabela, minha editora, e disse: "Não dá mais".

O maior desafio no jornalismo é sobretudo encontrar uma história, mas saber como terminar também é importante. Eu encerrava ali o meu trabalho em Realengo, embora essas personagens tenham permanecido comigo por muito tempo, talvez para sempre. Muitos anos depois da publicação na revista *Capricho*, voltei a procurar Isabela. Eu me sentia preparada para voltar ao tema que interrompi naquela ligação. Contei que estava pensando em escrever um livro e dividi com ela, que também é escritora, as angústias daquela decisão: seria ficção ou não-ficção?

O que me motivou a escolher ficção é acreditar no fato de que a literatura nos oferece respostas que a realidade não é capaz de dar. Malu e Natália não existem, ao mesmo tempo são feitas de uma matéria muito verdadeira, de meninas que conhecemos, ou devíamos conhecer. Obrigada por terem lido esta história. Espero que não se esqueçam das meninas de Realengo.

AGRADECIMENTOS

Não poderia existir uma lista de agradecimentos que não comece com os seguintes nomes: Claudia Regina da Luz Kopsch, Rubens Kopsch e Rubens Kopsch Filho. Obrigada por tudo.

Gostaria de agradecer a paciência e generosidade dos meus primeiros leitores:

Leonardo Machado, especialmente paciente e incrivelmente generoso; Lina Machado, que ainda não leu, mas ouviu escondido muitos trechos desse livro; Simone Evangelista; Marcelo Garcia; Eduarda Vieira Santos; Marília Cruz; Isadora Andrade; Mariana Mendes; Lívia Andrade; Marcos Barbará; Stéfanie de Souza Cardoso; Gisele Mendonça; Ana Heloísa Costa; Paola Piola; Jamille Ribeiro; Bárbara Elmor; Fernanda Orrico; Camila Oliveira; Manuella Tavares; Lucia Tupiassu, Ana Chaves de Melo e Débora Garcia.

Agradeço também:

João Nery Rafael, pelo excelente trabalho; Olivier Bosseau, pela tradução para o francês, que é a segunda língua mais bonita do mundo; Cristiane Pacanowski, pela leitura sensível; Isabela Noronha, por ter guiado meu caminho do jornalismo à literatura; Godofredo de Oliveira Neto, pelo importante incentivo; Marcia Lisbôa, pelas observações preciosas, particularmente uma; Isa Pessoa, por acreditar neste livro, tornando-o real.

Por fim, eu gostaria de agradecer e reverenciar a Associação dos Familiares e Amigos dos Anjos de Realengo.

CONHEÇA OUTROS LIVROS

FRIDA QUER SE TORNAR MÉDICA, MAS UM TERRÍVEL ACIDENTE PÕE FIM A SEU SONHO

Anos mais tarde, ela se apaixona pelo grande sedutor e pintor Diego Rivera e ao lado dele mergulha de vez no cobiçado mundo das artes. Sempre assombrada por problemas de saúde e sabendo que sua felicidade poderia ser passageira, Frida se entrega à vida e descobre como trilhar o próprio caminho.

- Ficção
- Personagem Histórica
- Feminismo

UMA REFLEXÃO ACERCA DAS CONDIÇÕES SOCIAIS DA MULHER E A SUA INFLUÊNCIA NA PRODUÇÃO LITERÁRIA FEMININA

Virginia pontua em que medida a posição que a mulher ocupa na sociedade acarreta dificuldades para a expressão livre de seu pensamento, para que essa expressão seja transformada em uma escrita sem sujeição e, finalmente, para que essa escrita seja recebida com consideração, em vez da indiferença comumente reservada à escrita feminina na época.

- Feminismo
- Ensaio

Todas as imagens são meramente ilustrativas.

CONHEÇA OUTROS LIVROS

MOMENTOS DE ANGÚSTIA E DE SENSIBILIDADE

Contos

Ficção

O amor platônico de um livreiro por sua funcionária, um adolescente negligenciado que encontra afeto em uma improvável dupla de estudantes universitários contratados para cuidar da casa, a perda da inocência de uma garota nas mãos do filho de sua empregadora e um orgulhoso nonagenário impotente no quarto de hospital de sua neta. Românticas, esperançosas, brutalmente cruas e implacavelmente honestas, algumas até beirando o surreal, essas histórias são, acima de tudo, sobre o eterno tema do amor de Lily King.

ELEITO UM DOS MELHORES LIVROS DO ANO PELO WASHINGTON POST

Kelly Link conquistou seguidores fervorosos por sua capacidade de, a cada novo conto, levar os leitores de maneira profunda a um inesquecível universo ficcional. Por mais fantásticas que essas histórias possam ser, elas são sempre fundamentadas por um humor astuto e uma generosidade inata de sentimento pela fragilidade — e pelas forças ocultas — dos seres humanos. Em Arrume Confusão, esse talento único expande os limites do que os contos de ficção podem fazer.

Literatura fantástica

Premiados

Todas as imagens são meramente ilustrativas.

ROTAPLAN
GRÁFICA E EDITORA LTDA
Rua Álvaro Seixas, 165
Engenho Novo - Rio de Janeiro
Tels.: (21) 2201-2089 / 8898
E-mail: rotaplanrio@gmail.com